JN049767
SALAD BOWL OF ECCENTRICS
著＝平坂 読
3
イラスト＝カントク

クリスマス IN 岐阜
[くりすます いん ぎふ]

伝説の始まり
[でんせつのはじまり]

GAGAGA

草薙沙羅卒業リサイタル
[くさなぎさらそつぎょうりさいたる]

「俺はいったい
何を見せられてるんだ……」

CONTENTS

SALAD BOWL OF ECCENTRICS

この作品はフィクションです。
現実の人物、団体、建物、場所、法律、歴史、物理現象等とは異なる場合があります。

ECCENTRICS
困った子
NAME
愛崎
ブレンダ
好き
得意先
NAME
ガッキー
アホ
変態
NAME
鏑矢惣助
元
ガチ恋勢
持ちつ
持たれつ
NAME
盾山
親子
元事務所の
後輩
好き
闇春花
NAME
解雇
親子
社長と
社員
SALAD BOWL
OF
ECCENTRICS
NAME
草薙勲
キャラクター相関図
CHARACTER
SALAD BOWL OF

SALAD BOWL OF
ECCENTRICS
NAME
サラ
友達
騙された
永縄友奈
NAME
主
転売ヤー
許さん
NAME
鈴切章
ホームレス
の先輩
小説の
モデル
NAME
皆神望愛
ヒモ
限界
ヲタク
NAME
リヴィア
バンド
メンバー
姫を
託す
NAME
弓指
明日美
バンド
メンバー

これまでのお話Ⅱ

妾の名前はサラ・ダ・オディン！

パラレルワールド的な異世界から現代日本の岐阜県岐阜市に転移してきた、どこにでもいるごく普通の大魔王織田信長の末裔にして天才魔術師にして帝国第七皇女！　歳は数え年で十三歳、満年齢では十二歳のピチピチ学齢期児童！

妾を保護した貧乏探偵の鏑矢惣助は、妾を学校に通わせられないか弁護士の愛崎ブレンダに相談するのじゃが、学校に通うには戸籍を取得する必要があり、どうも現代日本で異世界人が合法かつ穏当に戸籍を手に入れるのは限りなく無理くさいと判明。やむを得ず惣助は、裏社会にも通じる岐阜一番の探偵事務所の所長、草薙勲の手を借りることを決意するのであった。なんと勲は惣助の実の父親で、惣助の本当の姓は草薙だったのじゃ。惣助が普段名乗っておる母方の姓の鏑矢もカッコイイんじゃが、草薙もカッチョイイのう！　ともあれ勲の協力によって、妾は惣助の実の娘、草薙沙羅という新しい名前と戸籍を手に入れ、小学校に通えることになったのじゃった！　やったー！　妾と惣助の関係の変化により、惣助に懸想しておるブレンダ&別れさせ工作員の閨春花という二人の悪女にも何やら動きがある予感！　妾の新しいお祖父ちゃんとお母さん候補二人、全員逮捕ｏｒ誰かに刺されるフラグが立っておる件。……あと、妾と一緒に公立中学に転入する予定であった永縄友奈は、妾の学年が実は一つ下だったことにより中学でぼっちになってしまったのじゃった。ごめんね。

一方、妾を追って転移してきた女騎士リヴィアは、時に転売ヤーの片棒を担いだりしながらもホームレス生活を満喫しておったのじゃが、かつて関わりを持ったカルト宗教団体『ワールズブランチヒルクラン』の指導者、皆神望愛に救世主扱いされ、望愛の言葉巧みな勧誘によりクランの新商品の開発アドバイザーという名目で望愛のマンションに滞在することになるのじゃった。贅沢な食事や快適な生活に一瞬で籠絡され事実上のヒモと化したリヴィアは、ホームレス時代に知り合った元セクキャバ嬢のプリケツ改め弓指明日美に誘われてギターを習い、明日美とバンドを組むことになるのであった。なんでやねん。さらに実は作曲もこなせるハイパーマルチクリエイターの望愛もバンドに加入し、リヴィア、明日美、望愛によるガールズバンド『救世グラスホッパー』は、メジャーデビュー目指して邁進することになったのじゃった！　ちょっとなに言ってるのかよくわかんないです……。

魔王の末裔、小学デビューする

１２月１３日　８時２７分

「今日はみんなに新しいお友達を紹介します」

公立沢良小学校、六年二組の教室。

朝の会にて出席を取り終えたあと、担任教師の山下航（四十歳男性）がそう告げると、児童たちがざわついた。今日転校生が来ることは児童たちにも既に伝えてあり、新しい机も用意してあるのだが、それでも児童たちにとって転校生というのは穏やかではいられない大きなイベントなのだ。

「はい、静かにー。……草薙さん、入ってきてください」

教室の外に向かって山下が呼びかけると、扉が開かれ一人の少女が入ってくる。

簪で二つにまとめた金色の髪に金色の瞳という、日本人離れどころか世界中にもそうそういないであろうキラキラした彼女の容貌に、児童たちのざわつきはますます大きくなった。

無理もない、と山下はひとまず静かにさせるのを諦め、黒板にチョークで彼女の名前を大きく書く。

草薙沙羅。

　すると一部の児童から、「なんて読むのー？」「くさ、なに？　少な……？」といった反応が返ってきた。

「今日からこのクラスの仲間になる、草薙沙羅さんです」

「草薙って草なぎ剛の草なぎ？」

　児童の一人がそう言うと、

「新しい地図の草なぎメンバーとは違う漢字じゃな」

　転校生の少女――草薙沙羅が澄んだ声でそう言って、チョークを手に取り「草なぎメンバーのなぎは、こう」と黒板に「彅」の字を書く。山下の字よりもはるかに達筆だった。

　字を書いたあと沙羅は児童たちのほうへ向き直り、

「というわけで改めて、妾の名は草薙沙羅じゃ。今日よりそなたらの学友となる。これまで学校に通ったことがないゆえ、なにかと面倒をかけることがあるやもしれんが、仲良くしてくれると嬉しいぞよ」

　緊張した様子は微塵もなく、天使のように微笑みながら挨拶する沙羅。やけに古めかしい口調だが、彼女の纏う気品のせいか、不思議と違和感がない。

　児童たちのざわつきはいつの間にか消えていた。

（本当に何者なんだ……）

山下は訝る。

二十年近い教師生活の中で、クラスに転入生がやってきたことは何度もあるが、沙羅ほど謎めいた児童は初めてだ。

彼女が自分で言ったとおり、これまで学校に通っていなかったらしいが、その理由は知らされていない。

父子家庭で、父親の職業は探偵。

学力、コミュニケーションについては問題なしと教育委員会からお墨付きが出ている。

山下が知っている沙羅の情報はこれくらいで、それ以外はまったく不明である。

「なんで学校行ってなかったのー？」

「複雑な事情じゃ」

児童からの無邪気な質問に、沙羅が堂々と曖昧に答える。

「事情ってー？」

さらに訊ねた児童に山下は、

「むやみに人のおうちのことを訊いてはいけません。プライバシーって、前に社会で習ったでしょう？」

正直なところ山下としても訊きたいのだが、校長から直々に、「個人情報保護の観点から詳しい詮索はするな」と言われているのだ。

たしかに昨今、教育現場においても個人情報の扱いはデリケートになっているのだが、こんなどう考えてもめちゃくちゃ複雑な事情を抱えていそうな児童の情報が、担任教師にすらほとんど申し送りされないというのは異常である。

沙羅の父親とは今朝、校長室で挨拶したのだが、十二歳の子供がいるにしてはかなり若く見えること以外は、ごく普通の日本人男性という印象だった。

彼――草薙惣助曰く、「ちょっと特殊な環境で育ったのでたまに突飛な言動が飛び出すかもしれませんが、温かい目で見てやってください」とのこと。

「妾の生まれ育ちについては話せぬが、趣味とか好きな食べ物の話ならばいくらでも訊くがよいぞよ」

沙羅が児童たちに言った。尊大な話しぶりだが、やたらと馴染んでいるせいか児童たちの反感を買った様子はない。

（『妾』ってたしか昔の高貴な身分の女性の一人称だったよな……。戦国時代かどっかからやってきたお姫様が、正体を隠して日本の学校に通うことになった……？）

若い頃に読んだ漫画だかラノベだかの内容が頭をよぎり、山下は「まさかな」とすぐにそれを打ち消した。

……沙羅が卒業するまで、自分のこの妄想がほとんど正解だったのだと山下が知ることはなかった。

12月13日　9時30分

（なんかすごいのが来たわね）

それが弥生の草薙沙羅についての第一印象だった。

六年二組、出席番号三十三番、安永弥生。

明るい色の髪（地毛）をシュシュでまとめ、目立たないメイクに、少し大人っぽいが背伸びしている感はないファッション。小学生にしてお洒落に余念がない、自他共に認めるクラス一の美少女である。

お洒落だけでなく内面も磨いており、成績優秀で児童会長まで務め、他にも県や市が主催する自由研究コンクール、スピーチコンテスト、作文コンクール、絵画コンクールなどで、多くの入賞実績を誇る。

そんな弥生から見ても、沙羅という転校生はすごい感じがする。

見た目がすごい整っているだけでなく、立ち居振る舞いからも同級生にはない気品があり、それでいて笑うと無垢な天使のように可愛い。

しかも頭までいい。

一時間目の授業は算数だったのだが、すごい難しい問題を一瞬で解いてクラスメートたちを驚かせた。

(仲良くなっておいて損はなさそうね)

沙羅と親交を持つことは自分にとって有益であると弥生は判断し、授業が終わって休み時間になると、さっそく彼女の席へと向かおうとした。

しかし弥生よりも先に、一人の男子児童が彼女の席に駆け寄って声をかけた。

「く、草薙さん」

六年二組イケメン四天王の一人、奥村英斗(おくむらひでと)である。

テストの成績は常にほぼ満点の、クラス一の優等生。イケメンだが他のクラスメートを露骨(ろこつ)に見下している感があり、女子からの人気は低く友達もいない。

私立中学を受験するらしく、本人も小学校での友人関係はどうでもいいと考えているフシがある。

そんな奥村が自分からクラスメートに話しかけるのを、弥生は初めて見た。

「ほむ?」

声をかけられた沙羅が奥村のほうを向き、彼の目をまっすぐ見つめる。

すると奥村は少し顔を赤らめ、誤魔化(ごまか)すように眼鏡のブリッジを指で触りながら、

「き、君はどこの塾に通っているんだい?」

「塾？　塾には行っておらんぞよ」

「え……じゃ、じゃあ家庭教師？」

「家庭教師も今はおらんのう」

「馬鹿な……それであの問題を即答なんて……」

「あれ、そんなに難しい問題じゃったか？」

きょとんとする沙羅(さら)に、奥村(おくむら)が悔しげな顔を浮かべ、

「くっ、じゃ、じゃあ……ちょっと待ってて！」

一度自分の席に戻って、奥村は鞄(かばん)から彼が塾で使っている問題集を取り出し、沙羅の前に持ってきて開いた。

「ならこれは解ける!?」

「ほむ、体積かや」

沙羅は問題を見て三秒ほど考え、

「1134立方センチ」

「せっ、正解……。嘘だろ、これ暗算で……？　名門私立の受験問題だぞ……？」

奥村が目を見開き、二人の様子を見ていた他のクラスメートたちも騒然となる。

「こんな奴がいるなんて……僕がこれまでやってきたことって一体……」

力なくうなだれる奥村に、沙羅は、

「まあそう気を落とすでない。妾の空間認識能力はチート級ゆえ相性が良かったのじゃ。途中の式も書けとか証明問題の類じゃったら苦戦しておったわ」

「そ、そうなのか？　よかった……」

そう言って安堵の色を浮かべる奥村。

（気遣いもできるなんて……やるわね）

弥生の中で沙羅に対する評価がさらに上がった。

と、そこで、

「草薙さん！　君ほど美しく聡明な女子に会ったのは初めてだ。ぼ、僕と付き合ってください！」

顔を真っ赤にしていきなり告白した奥村に、児童たちが驚く。

当の沙羅はというと、動揺した様子もなく愉快そうに笑い、

「かかっ、唐突じゃのう。じゃが迅速なのは妾的にポイント高い。ひとまずお友達から始めようぞ」

「わ、わかった。必ず君を振り向かせてみせる」

「うむ。楽しみにしておるぞよ奥村英斗」

「えっ、そういえば僕、名前言ってなかったような」

「今朝教室に来る前に集合写真を見せてもらって、クラスメートの顔と名前は全員記憶してお

る」

「す、すごい。さすがだ……」

突然の告白にも余裕で応対してみせ、さらにスペックの高さを見せた沙羅（さら）に、周囲の児童たちは畏敬（いけい）の眼差（まなざ）しを向けるのだった。

12月13日　10時25分

二時間目が終わり、休み時間になった。

小学校の二時間目と三時間目の間には、中休みという通常より少し長い二十分間の休み時間があり、校庭に遊びに行く児童もいれば、図書室に行ったり教室で遊んだり宿題をする児童もいる。

「草薙（くさなぎ）さん、私たちとお喋（しゃべ）りしない？」

弥生（やよい）はクラスの友人二人とともに沙羅の席に行き、彼女に声をかけた。友人の二人もお洒落（しゃれ）で可愛（かわい）く、弥生のグループはスクールカースト最上位となっている。

「そなたは安永（やすなが）弥生じゃな？　そっちは近田容子（ちかだようこ）、津山静香（つやましずか）で合っとるかの？」

「え、ほんとに全員の名前覚えてるんだ……すごい」

沙羅に名前を呼ばれ、弥生たちは驚く。

「私たち、草薙さんとお友達になりたいの」

「うむ。よいぞよ」

弥生の言葉に沙羅は軽く頷（うなず）いた。

「やった。ありがとう、草薙さん」

お礼を言った弥生に沙羅は、

「友達なんじゃし、沙羅と呼び捨てでかまわんぞよ」

「学校では名字に『さん』付けで呼ぶ決まりなのよ。男子も女子も」

「なんと」

弥生が言うと、沙羅が少し驚いた顔をする。

「なんか、たようせい？　とかそうゆうのをソンチョーするためなんだって」

「あとあだ名もイジメにつながるから駄目って」

近田と津山が説明する。

「なるほどのー、そんな決まりがあるのかや。たしかに先生も男女ともさん付けで呼んでおったのう。しかし妾（わらわ）、あまり他人をさん付けで呼ぶのに慣れておらんのじゃが……」

困った顔をする沙羅に、弥生は笑って、

「まーちょっとずつ慣れていけばいいよ。それにさん付けしてるのは学校の中だけで、外で友達呼ぶときは呼び捨ての子も結構いるし」

「なるほど。少し安心したのじゃ」

「ねーねーそれより草薙さん、その『ぞよ』とか『のじゃ』ってゆうのはなんなん？　ホーゲンってやつ？」

「うむ。そのようなものじゃ」

近田の問いに沙羅は頷いた。

「じゃあ前はどこに住んでたの？」

近田がさらに訊ねると、

「遠い異国の地で母上と二人で暮らしておった。先日母上が死んだので岐阜におった父上のもとにやってきたのじゃ」

「た、大変だったんだね……」

いきなりヘビーな身の上話が飛び出し、気まずい空気が流れるも、沙羅は笑って、

「なに、この国での生活は楽しい。父上とも上手くやっておるしの。ちとお人好しすぎて心配じゃが」

「そうなんだ。お父さんって何やってる人なの？」

「探偵じゃ」

「探偵!?　オメーの親、探偵やっとるの!?　マジで!?」

沙羅の答えに勢いよく食いついたのは、弥生たちではなく、近くの席で遊んでいた男子児童の中の一人だった。

六年二組イケメン四天王の一人、宮崎虎太朗。クラスで一番運動が得意な、明るく活発な性格の男子で、女子人気は高いが本人はまだ異性に興味がないらしい。

「うむ、マジじゃ」

「スゲー！　かっけー！」

「かかか、そうじゃろう」

キラキラした目をする宮崎に、沙羅は機嫌よさそうに頷き、ふと視線を宮崎の机に向ける。

「ときにそなたらはさっきから何をやっておるのじゃ？」

宮崎の机の周りには彼を含めて四人の男子児童が集まっており、休み時間が始まるなりワイワイ騒いでいた。机の上には複数の定規が置かれ、宮崎たちは全員ペンを持っている。

「ジョーバト知らねーの？」と宮崎。

「じょーばと？」

沙羅が不思議そうに首を傾げる。

「定規バトルや」

「定規バトルとはなんぞ？」

「定規でバトルするんや」

「何一つ情報が増えておらん……」

困惑の色を浮かべる沙羅に、宮崎は「こやってー」と実演してみせる。

手に持ったペンの先で定規の端に力を込め、弾く。弾かれた定規が別の定規に当たり、その定規を卓上から押し出した。

「こやって落としたら勝ち」

「ほー、なるほどわかった」と沙羅。

定規バトル（定規戦争と呼ぶところもある）とは定規を使った遊びで、選手は交代で宮崎がやったようにペンで定規を弾き、他の選手の定規にぶつけて机から落とすことを目指す。

定規が勢い余って別の定規の上に乗ってしまった場合、乗せられたほうの選手は三回以内に下から脱出できなければ敗北となる。他にも細かいルールはあるがここでは割愛。また、地方や学校によっても様々な違いがある。

使用する定規の形や大きさに規定はなく、十センチ定規でも三十センチ定規でも三角定規でも何でもいい。なんなら分度器でも可。

今、六年二組の男子の間ではこの定規バトルが空前のブームとなっており、休み時間になるたびにほとんどの男子が友達同士で定規バトルに興じている。

給食のデザートを賭けた戦いやトーナメント戦、グループ同士でのチーム戦、複数の机をくっつけた広域バトルなども盛んに行われており、定規バトルが強い児童は他の男子の尊敬の対象となる。

「なかなか面白そうじゃのう」

沙羅の言葉を聞いた宮崎は、

「ならオメーも混ざる?」

「よいのか!?」

「ちょっと宮崎さん。草薙さんは私たちと喋ってるんだから」

弥生が言うと沙羅は、

「ではそなたらも一緒にジョーバトをやろうではないか」

「うーん……私はパス」

「あたしも……」

沙羅の誘いに、弥生たちは不参加を表明する。

カーストトップのお洒落女子が、定規バトルなどという子供じみた遊びをするわけにはいかないのだ。

「では妾だけ参戦するぞよ」

そう言って沙羅は自分のペンケースから定規を取り出した。プラスチック製の十五センチ定規で、『名探偵コナン』のキャラが描かれている。ペンケースもコナングッズだ。

それを見て「うわ……!」と近田が絶句する。

カーストトップのお洒落女子的には、アニメ絵の文房具が許されるのは四年生までなのだ。

しかし男子にとってはそうでもないようで、「おっ、コナンやん！　いいな！」と普通に羨ましがられていた。

ともあれさっそく沙羅を加えての定規バトルが始まり、なんとなく弥生たちも試合を見ることにした。

初心者の沙羅は、はじめのうちは定規を上手く弾くこともできなかったのだが、数分ほど勝負を続けるうちにどんどん上手くなっていき、やがて連勝するようになった。

「うわっ、またやられた！」

「あんな遠くから!?」

驚きの悲鳴とともに敗北する男子たち。

定規バトルにまったく興味のない弥生から見ても、沙羅が凄いのは十分わかった。

とにかくコントロールが抜群で、敵の定規の一番吹き飛びやすい急所に、卓上のどこからでも正確に当ててくるのだ。

「なんでそんなコントロールいいの!?」

男子の一人が言うと、沙羅は不敵に笑って、

「妾、演算能力には自信があるのじゃ」

「どゆこと!?」

「なるほど。つまり草薙さんは、定規のどの部分をどういう角度からペンで弾けば狙った方向に狙った強さで飛んでいくか、完璧に計算できるんだな」

眼鏡をクイクイやりながらそう言ったのは、いつの間にか近くに来て観戦していたイケメン四天王の奥村英斗だった。

「スゲー！　よくわかんねーけどスゲー！」

宮﨑が興奮した声を上げ、それから熱っぽい眼差しで沙羅を見て、

「オレよりジョーバトつえー女子初めて見た！　結婚しよっけ！」

「かかっ、そなたも気が早いのう。まずはお友達からじゃな」

突然の告白というかプロポーズを、沙羅はまたも余裕で流したのだった。

１２月１３日　１０時４５分

三時間目の授業は英語だった。

沢良小学校の英語の授業は、アメリカ人の講師を担任の先生がサポートするという形式で行われる。

授業に英語が加わるのは三年生からで、三年、四年の間は英語の歌を歌ったり英語を使った

ゲームをしたりして、英語に慣れ親しむのが主旨となる。

　高学年になると読み書きも習うようになるのだが、慣れ親しむことが第一という方向性は変わらず、座学よりも会話やレクリエーションの割合のほうが多い。

　今日の授業の内容は、英語で自由にスピーチをするというものだった。六年生の終盤に相応(ふさわ)しい、四年間の集大成のような授業である。

「ソレデハー、ファーストにスピーチしてくれるヒューマンイズヒアー？」

　実は英語ネイティブスピーカーじゃないのでは？　という疑惑を持たれているジョージ先生が立候補を求めると、

「Ｈｅｒｅ！」

　多くの児童が尻込みするなか、最初に講師よりもアメリカンな発音で名乗りを上げたのは、六年二組イケメン四天王の一人、今田秀愛(こんたひでよし)であった。九歳までアメリカで暮らしていた帰国子女で、英語の授業は毎回彼の独壇場である。

「本場アメリカ育ちの僕からすると日本の英語の授業はレベルが低すぎて退屈です。中学になったら少しはマシになるといいなと思いますが、期待はできそうにないですね。そもそも極東の猿どもが英語という世界一美しい言語を学ぼうとすること自体に無理があり――」

　流暢(りゅうちょう)で早口な英語でこのような内容の半分ヘイトなスピーチをした今田に、アメリカ人講師は苦笑を浮かべ、他の児童たちは「スゲー！」「なに言ってんのかわかんねーけどスゲー！」「さすがエーゴペラペラや！」などと賞賛の声を上げるのだった。

続いて、弥生(やよい)をはじめ今田ほどではないが英語が得意だったり積極的な性格の児童がそれぞれ自由なスピーチを終え、名乗り出る者が誰もいなくなると、

「ソレジャー転校スチューデントのクサナギ＝サン。イージーなセルフショーカイでもオーケーなのでチャレンジしてみませんカー？」

講師にそう言われた沙羅(さら)は、

「ほむ。英語は慣れておらんのじゃが、なにごとも挑戦じゃの」

立ち上がり、教卓の前へと進み出る。

一体どんなスピーチをするのだろうと弥生たちが見守るなか、沙羅はすうっと息を吸い込んで、開口一番、

「えー、ショートコント。『ＯＳＵＳＨＩ屋さん』」

いきなり変顔でそう宣言して沙羅が始めたのは、英語が喋(しゃべ)れない職人気質の寿司屋の大将と、テンションが高い外国人客の二役を演じる寸劇であった。

お客さんが寿司を食べているところから始まり、会話の流れで二人のキャラクター性が自然に説明されていき、やがてお会計の場面になる。

「タイショー、このＳＵＳＨＩイズベりーでりしゃすデシータ。ハウマッチ？」

「ヘイ　ハマチ」

「ノーノーノー！　イクラ!?」

「ヘイ　イクラ」

「NO！　チガイマス！　HOW　MUCH!?」

「ヘイ　ハマチ」

「チガーウ！　イクラナンデスカ!?」

「ノー。ジス　イズ　ハマチ」

「タイ！　ショー！　プリーズ！」

「オーケー。ジス　イズ　タイ」

延々と嚙み合わない遣り取りが続き、最後は客が「もうやっとられへんわ！」とアメリカンな関西弁で叫んでメ。

文法も発音もめちゃくちゃで、スピーチですらなかったが、テンポの良い話しぶりと変顔とオーバーな芝居、キャラの演じ分けの見事さによって、教室内は爆笑に包まれた。

沙羅が「ふひひ」と充実した顔で笑って額の汗を拭い、ぺこりとお辞儀して席に戻る。

（可愛くて頭がよくて定規バトルが強い上に面白いなんて！　なにこの子……）

弥生は少し寒気すら覚える。

せっかくの綺麗な顔をあんなふうに躊躇なくしゃくれさせるなんて、弥生にはとても真似できない。なにより、今日転校したばかりで気心も知れていない児童たちの前でいきなり一人コントをかます、その度胸が凄まじい。児童会長選挙で全校児童の前で演説したことのある弥生でも、そんなことはできない。

今日一番よかったスピーチには満場一致で沙羅が選ばれ、そして、

「君のように可愛くて面白い女の子がこの島国にいたなんて衝撃的だ！　ぜひとも僕の彼女になってくれ！」

授業が終わり休み時間に入るなり、興奮した様子で沙羅の席に駆け寄ってきて、流暢な英語でそのような内容の告白をしたのは、今田秀愛だった。

「早口で何言っとるのかサッパリじゃが大体わかった。お友達からで」

「ガールフレンドＯＫ⁉」

「ちゃうわい。コモンフレンドじゃ」

沙羅はまたもイケメンからの告白を軽く流したのだった。

12月13日　12時36分

「手を合わせてください！」

『はい合わせました‼』

「いただきます！」

『いただきます‼』

　四時間目の授業が終わり、給食の時間になった。

　班（座席で自動的に五、六人のグループに分けられる）ごとに机をくっつけ、配膳が終わると、日直のかけ声に合わせてみんなで「いただきます」を言う。なお、かけ声は慣習的に「手を合わせてください」だが、クリスチャンの今田秀愛など、宗教上の理由などにより合掌をしない児童もいる。

　今日のメニューは白米のご飯、豚肉と厚揚げの味噌炒め、小松菜の煮びたし、こぶ汁、デザートのみかんに、毎日必ず出る牛乳。

　こぶ汁というのは岐阜県中濃地方の伝統的な郷土料理、『糸昆布煮』の別名で、汁という名前だが汁物ではなく糸昆布と根菜を使った煮物である。今日の給食にはニンジンとゴボウと大根が使われている。

　給食で出る白米は100％『ハツシモ』だ。岐阜県の奨励品種で、県内では作付面積が一番大きい品種となっており、稲作農家である弥生の家でもハツシモを作っている。

　ハツシモは岐阜県以外ではほとんど生産されていないため、幻の米とも言われている。特徴としては粒が大きく、食感は粘り気が少なくやや硬めで、ほどよい甘みがある。冷めても美味しいためお弁当に最適で、寿司飯や炒飯などにも適しており、日本酒の原料としても優秀と、まさに岐阜が誇る最強の米である。

解説はさておき、これまで学校に通っていなかった沙羅（さら）にはこれが初めての給食だ。弥生が隣の班にいる沙羅の様子を窺（うかが）うと、

「……なにゆえ牛乳」

沙羅は牛乳の紙パックを手に取って眉をひそめていた。

「牛乳嫌いなん？　やったらオレが飲んだろっか？」

沙羅と同じ班の宮崎虎太朗（みやざきこたろう）がそう言うと、

「嫌いではないんじゃが、白米に牛乳はどうなんじゃ」

（ふふ、しょせんは素人（しろうと）ね）

沙羅のような感覚の人は世の中に多いらしいのだが、弥生に言わせればハツシモに合わないものなどない。

牛乳だろうがジュースだろうがパスタだろうがパンだろうがシチューだろうがサラダだろうが、ハツシモはあらゆる飲み物・食べ物・調味料と調和する。なんならコシヒカリをおかずにハツシモでもイケる。

そもそもドリンクと料理の相性という概念自体が頭にない児童も多いので、沙羅は小学生にしてはなかなかだが、ハツシモの懐（ふところ）の深さを知らないとはまだ青い。

弥生が内心で優越感を覚えていると、

「まいっか！　よく考えたらミルク粥とかあるしの」

軽い調子で言って、沙羅はひとまず牛乳を置いてこぶ汁に箸をつけ、続いて他のおかずや白米も口に運ぶ。

「うむ、美味い！」

料理に一通り箸をつけ、牛乳を一口飲んだあと、沙羅は満足げにそう言って、さらに食べ進めていく。

（固定かんねん？　固定がいねん？　……固定がんねんにとらわれないじゅうなん……じゅうなんざいまで持ってるなんて！）

沙羅の食べるペースはかなり早く、そして箸の使い方がとても上手い。

給食当番が贔屓したのか、沙羅の食器に盛られた料理の量は平均より多かったのだが、見る間に減っていく。

「オメー食うのはえーな！　そんな腹減っとたんか？」

宮崎がからかうように言うと、

「うむ。妾の家は貧乏ゆえ朝食が基本的に少ないのじゃ。しかも今日は朝早かったし、おやつも食べておらんからの」

微塵も恥じる様子もなく、沙羅はそう答えた。

するとと沙羅と同じ班の一人の男子が、無言で沙羅に自分のみかんを差し出した。

六年二組イケメン四天王の一人、飯野真大であった。

ざわ……っ！　と様子を窺っていた児童たちが動揺する。

クラス一の大食いで、学校には給食を食べに来ていると言っても過言ではなく、勉強も運動も苦手で性格も暗い。しかし顔は四天王の中でも断トツの美形。

そんな食べることにしか興味がない男が、自らのデザートを差し出した――これは事実上の告白なのであった。

しかしもちろん沙羅がそんなことを知るわけもなく、少し不愉快そうに目を細め、

「なんじゃこのみかんは？」

「あ、あげる……」

「……そなた、もしや妾を憐れんでおるのかや？」

沙羅に言われ、飯野は慌てた顔で首を横に振り、顔を赤らめると、

「お、おれ……ご飯を美味そうに食べる人が、す、好きだから……」

口ごもりながら言った飯野に、沙羅は笑顔を浮かべ、

「であるか！　妾もご飯を美味そうに食べる者は好きぞよ」

その言葉を聞くやいなや、宮﨑がいきなり「うめー！　給食うめー！　超スーパーハイパーミラクルうめー！」と叫びながらご飯をがっつきはじめ、別の班で塾の参考書を読みながら給食を食べていた奥村英斗は参考書をぱたりと閉じて「あー、今日の給食は栄養バランスが計算

されていて素晴らしいなあ！　児童の健全な育成を願う給食センターの方々の心遣いの美しさは、まるで多角形の内角の和を求める公式のごとしだー！」とわざとらしく叫び、今田秀愛は「オー、ヤミー！　デリシャス！　テースティー！」などと英語で給食が美味しいとアピールし始めたのだった。

（ウソでしょ……うちのイケメン四天王全員、草薙さんのこと好きになっちゃった……）

しかも入学してきて僅か半日という超スピード攻略である。

「あー、そなたら。好きと言ってもべつに恋愛的な意味ではないぞよ」

沙羅は呆れ顔で言うと、再び食事に戻った。

「……転校生、ちょっと調子乗りすぎじゃない？」

弥生の隣にいた津山静香が、沙羅を睨みながらぼそりと呟くのが耳に入った。実は津山は、飯野真大のことが好きなのだ。

「乗ってるよね。ぜったいビッチやわアイツ」

津山の声が聞こえたらしく、同じ班の近田容子も弥生と津山に向けて小声で言った。ちなみに近田は今田秀愛が好きである。

「……びっちってなに？」

弥生が小声で訊ねる。

「わかんないけど、パパがママによくそうゆって怒鳴ってる」

意味はわからないが、どうやら悪口らしい。

弥生は再び、笑顔で給食を食べている沙羅に視線を向ける。

すごい可愛くてすごい頭がよくて親は探偵で定規バトルがすごい強くてすごい面白くて固定がんねんにとらわれないじゅうなんざいがあって箸の使い方がすごい上手くて、瞬く間にクラスの人気者になった超すごい少女。

（……たしかに、調子に乗りすぎかも）

イケメン四天王は全員ぶっちゃけ顔がいいだけのバカなのでどうでもいいのだが、六年二組のトップは、クラス一のお洒落美少女にして児童会長である、この安永弥生なのだ。

「そうね……児童会長として、びっちにはちょっと注意してあげないといけないかも」

瞳の奥に仄暗い炎を宿らせて、弥生はそう呟いた。

12月13日　13時10分

「手を合わせてください！」

『はい合わせました!!』

「ごちそうさまでした！」

『ごちそうさまでした!!』

給食の時間が終わると、二十分間の昼休みになる。

弥生(やよい)は一人教室を出て、職員室で体育倉庫の鍵を借りた。本来なら先生にどうして鍵が必要なのかを説明しなくてはいけないのだが、児童会長で教師たちの信頼も厚い弥生は「ちょっと鍵借りまーす」と言うだけで簡単に持ち出せる。

それから急いでグラウンドに出て、体育倉庫の鍵を開けておき、倉庫の陰から様子を窺(うかが)う。

ほどなく、近田容子(ちかだようこ)と津山静香(つやましずか)が、沙羅(さら)を連れてこちらに歩いてくるのが見えた。

体育倉庫まで数十メートルほどのところで、津山が「ううー、いたたっ、なんか急にお腹痛くなってきた」と胸のあたりをおさえてうずくまる。

「ごめん草薙(くさなぎ)さん、ちょっと津山さん保健室に連れてくから、草薙さんはフラフープ持って先に行ってて」

近田が言うと、

「大丈夫かや？　妾(わらわ)も一緒に行くぞよ」

「だ、大丈夫。ちょっと保健室で薬もらったらあたしらもすぐ行くから。安永(やすなが)さんも待ってると思うし」

津山が慌ててそう言って、近田と津山はいそいそと校舎のほうへ戻っていった。

「ほむ」

小首を傾げながら、沙羅が一人で体育倉庫へと歩いてくる。

沙羅を遊びに誘って一人で体育倉庫の中に向かわせ、扉を閉めて鍵をかける──それが弥生たちの考えた沙羅への『注意』だった。

五年生のときに弥生は一度、間違って体育倉庫に閉じ込められたことがあった。十分くらいで先生が気づいて鍵を開けてくれたのだが、あのときはすごい怖くてお漏らししてしまった。いかに型破りな沙羅とはいえあのすごい恐怖には耐えられず、調子に乗っていたことを反省するだろう。

休み時間のあとは二十分の掃除の時間になるのだが、体育倉庫は普段掃除しないので誰かが来ることはない。掃除の時間になったらしれっと鍵を開けて助けてあげれば、沙羅は弥生にすごい感謝するに違いない。

こんなすごい計画を思いつくなんて、やっぱり自分はすごい頭がいいと思う。

ほくそ笑みながら待っていると、沙羅は体育倉庫の中へと入っていった。

それを見て校舎のほうへ向かっていた近田と津山がダッシュで体育倉庫にやってきて、無言の合図とともに二人が扉を閉め、弥生が急いで鍵をかける。

見事作戦を成功させ、三人は声を出さないよう我慢して笑い合った。

「おーい。中に人がおるんじゃけどー」

中から扉を叩く音と沙羅の声が聞こえてきて、三人はクスクスと忍び笑いを漏らす。

弥生はこの場から離れようとジェスチャーで合図し、三人は素知らぬ顔で校舎に向かって歩き出した。

その数秒後。

後ろから「ばごっ」と小さな爆発音のようなものが聞こえたあと、ガラガラと音を立てて、なんと体育倉庫の扉がゆっくりと開き始めたではないか。

「え!?　マジ!?　なんで!?」

「鍵ちゃんとかった!?」

「かったって！」

ちなみに岐阜の方言で「鍵をかける」ことを「鍵をかう」と言います。豆知識。

扉を開けて、草薙沙羅が悠然と外に出てくる。

「なんじゃ、三人とも来ておったのか」

三人の姿を見て、沙羅はこれまでと何も変わらない可憐な微笑を浮かべた。

自分を閉じ込めたのが弥生たちであることは一目瞭然のはずなのに、まるでなにごともなかったかのように。

「えっと、あっと、く、草薙さん、か、鍵、鍵は」

狼狽えながらも弥生がどうにか言葉を紡ぐと、

「鍵？　なんのことじゃ？」

沙羅は小首を傾げ、再び微笑み、こちらに近づいてきた。

「それより、はやく遊びに行こうぞ。昼休みが終わってしまうわい」

どうやら沙羅は、本気で何もなかったことにするつもりのようだ。

「く、草薙さん……えっと、お、怒ってないの？」

近田が震える声で訊ねると、

「かかっ、子供のいたずらにいちいち腹を立てても仕方あるまい」

「い、いたずらって……」

愕然とする弥生に、沙羅は目を細め、

「ま、動機はおおよそ察しがつくんじゃが……他人を貶めるより自分を高める努力をしたほうが建設的じゃとは思うぞよ」

すべてを見透かすような言葉に、弥生の身体から力が抜ける。

この子には絶対に勝てない。

美しさも、頭脳も、定規バトルも、面白さも、箸の使い方も、人間としての器も、何もかも格が違う。

生まれて初めて出逢った絶対的な王者を前にして、弥生は自然と頭を垂れて跪いていた。

「草薙さん——いいえ、草薙沙羅様！」

「ほむ？」

「私を、沙羅(さら)様の犬にしてください！」

「は？」

沙羅がきょとんと目を見開く。

それはイケメン四天王に告白されても一切動じなかった沙羅が、この学校に来て初めて見せた、心からの驚きの表情であった。

「なにゆってんの？」

首を傾(かし)げる沙羅に、弥生(やよい)はさらに懇願(こんがん)する。

「犬でもパシリでも手下でも家来でも奴隷でもなんでもいいです！　私を沙羅様の近くにいさせてください！　なんでもします！」

「友達じゃいかんの？」

「私なんかが沙羅様の友達なんて恐れ多いです！　私は沙羅様にお仕えして、人間として成長したいんです！」

「えぇー。妾(わらわ)そなたの人間的成長なんぞどうでもいいんじゃが……」

困った顔をして弥生を見つめる沙羅に、弥生は情熱的な視線を注ぐ。

やがて沙羅は「ふぅ……」と諦(あきら)めたように嘆息し、

「しょうがないのう。……安永(やすなが)弥生。これよりそなたを妾の家臣とする。せいぜい励め」

「イエス！　マイロード！」

その後、弥生に続いて近田と津山も沙羅に臣従を誓い。

児童会長安永弥生一派と六年二組イケメン四天王を手の内に収めた沙羅は、入学初日にして沢良小学校の帝王の地位に躍り出たのだった――。

12月13日　15時34分

沢良小学校から徒歩十分程度の距離にある、鏑矢探偵事務所にて。

（そろそろ学校が終わる時間だな……）

草薙沙羅――真の名はサラ・ダ・オディン――の戸籍上の実父、鏑矢惣助――本名は草薙惣助――は、そわそわと落ち着かない様子で椅子に座って貧乏揺すりをしていた。

サラを学校に送ってきてから、今日はずっとこんな感じで仕事が手に付かない。まあ、幸か不幸か急いで片付けなければならない仕事は特にないのだが。

知能もコミュ力も高いサラだが、日本の子供たちとはまったく異なる環境で生まれ育ったことによる常識や価値観の違いはどうしようもない。悪目立ちしてクラスメートからイジメの標的にされたりしないだろうか心配だ。

サラの戸籍取得に協力してくれた惣助の父、草薙勲の話では、「事情を詮索することなく、ちゃんと気を配るように」と学校側に根回しをしておいたとのことだが、いくら教師が気を配ったところで、イジメというのは大人の目が届かない場所で起きるものだ。

（あ〜、不安だ……）

スマホを手に取り、サラの位置情報を確認すると、どうやら小学校を出て、こちらに向かっている途中のようだった。

サラのランドセルにはGPS発信器がついている。学校はスマホの持ち込み禁止のため、仕方なくランドセルに付けたのだ。

（今どきスマホ禁止なんて、学校も融通がきかねえな。いつでも連絡とれたほうが安心に決まってるのに）

特に探偵である惣助は不定期に事務所を留守にすることが多いので、サラが家に帰るまで惣助がどこにいるか知ることができないというのは不便だ。

最近は私立の小学校などでは、遠距離通学の児童などに限りスマホの持ち込みを許可する学校もあるのだが、公立校ではまだ一律禁止の学校がほとんどらしい。

小学生だとまだスマホを持っていない子供も多いし、SNSでのトラブルや授業中にスマホをいじるなどの問題もあるのだろうが、サラに限っては心配ないだろう。

（親父に頼んでサラだけ特別にスマホの持ち込みを許可してもらえるよう圧力を……いや待て待て何考えてるんだ俺！）

サラの戸籍上の父親となってまだ一週間も経っていないというのに、既に過保護気味になりつつある惣助だった。

そうこうしていると、

「ただいまー」

玄関からサラの声がして、惣助は勢いよく立ち上がり、部屋を出てサラを出迎える。

「おう、お帰り」

素っ気ない風を装い、サラに声をかける。

「うむ。帰ったぞよ」

「どうだった？　初めての学校は」

「まあまあ楽しかったぞよ。あと給食美味しかった！」

無邪気な感想に惣助は微笑ましい気持ちになり、

「そうか。ならよかった。なんかトラブルとかはなかったか？」

「もちろんじゃ。妾、見事にごく普通の日本の小学生として大過なく過ごしてみせたぞよ」

サラが得意げに胸を張る。

「じゃあ友達はもうできたか？」

「うむ。とりあえずボーイのフレンドが四人と家臣が三人できたのじゃ」

「……ほんとになにごともなかった？」

ひとまずサラと共にリビングに行き、おやつを食べながら学校での出来事を詳しく聞いた惣助は、心配していたのとは違う方向性でとんでもない小学デビューを飾っていたことを知り、頬を引きつらせるのだった――。

増殖する妾

１２月１４日　８時７分

サラが小学校に入学して二日目の朝。

昨日は初日だったのでサラは保護者の惣助（そうすけ）＆祖父の勲（いさお）と一緒に学校に行ったのだが、今日は他の小学生たちと一緒に通学路を歩いている。

沢良（さわら）小学校では安全のため、家が近い児童が集まって一緒に登校することになっており、一番年長の児童が班長として先頭に立ち、次に年長の生徒が副班長として最後尾から他の児童を見守る。

サラの通学班は全部で九人で、六年生はサラを含めて二人だけなので、サラは自動的に副班長となった。

「こりゃこりゃキッズたちよ。ちゃんと白線の内側を歩くのじゃ」

はしゃいで車道に飛び出しそうになる低学年の児童を注意しながら歩くサラ。

と、

「ねーねー、おねーちゃんはなんでそんなへんなしゃべりかたなの？」

小学二年生の女子、水沢夢が不思議そうな顔でサラに訊ねた。

「これは妾の方言のようなものじゃ」

「ほーげんってなにー？」

「方言というのは通常、標準語とは異なるその地域特有の言語体系である『地域方言』のことを指すのじゃが、それ以外に同一地域内であっても所属するコミュニティの違いによって生じた『社会方言』というものもあり、妾の喋り方は異世界の言葉と貴族社会の言葉のハイブリッドじゃな。わかったかや？」

サラの説明に、夢はきょとんとした顔を浮かべ、

「？　？　？　わかんなーい！」

「うーむ、そなたにはまだ難しいようじゃな。まあいつかわかる日がくるじゃろ」

サラは説明を早々に諦めるも、夢はなおも食いつく。

「いつかっていつー？」

「うーむ……妾と同じくらい大きくなったら、かのう」

「わらわってなにー？」

「そなたぐいぐい来るのう……好奇心旺盛なのは良いことじゃ」

サラは少したじろぎつつも微笑み、

「妾というのは一人称……『僕』とか『私』という意味じゃ」

「じゃーなんでぼくとかわたしってゆわないのー?」

「妾の一人称は幼い頃から妾じゃったから……」

そこでサラは少し身をかがめ、声を落とし、

「他の者には内緒なんじゃが、妾、実はお姫様なんじゃよ」

「エエー!?　おねーちゃんおひめさまなのー!?」

目を丸くして大声を上げる夢にサラは「内緒じゃとゆうに」と苦笑し、

「お姫様は自分のことを妾というのじゃ」

「そーなの!?」

「うむ」

「じゃーゆめもわらわ!?」

「うーんどうしてそうなった?」

「だっておとおさんとおかあさんが、ゆめはおとおさんとおかあさんのおひめさまだよってゆってたよ!」

その言葉にサラは「これはしたり」と感心した顔を浮かべ、

「そなたの親御は良いことを言うのう。それならばたしかに、そなたにも妾と称する権利があるぞよ。否、女の子はみんなプリンセス。みんな妾じゃ」

「じゃーこれからゆめもわらわね!」

「うむ。好きにわらわるがよい」

サラが頷くと、夢は嬉しそうに他の児童たちに話しかける。

「みんなー！　ゆめこれからわらわになったよー！」

「わらわってなあに？」

「女の子はみんな自分のことわらわってゆうんだってー！　だからわらわもわらわってゆうの！」

「へー！」

「じゃーみっちゃんもわらわ？」

「わらわだよ！」

夢の話が、班の子供たちの間でどんどん広まっていく。

「やれやれ……子供はすぐに影響されるのう」

サラは自分のことを棚に上げて、子供たちを呑気な顔で見つめるのだった。


……それから数日後、沢良小学校の主に低学年の女子の間で自分のことを『わらわ』と呼ぶのが大流行し、やがて保護者会や職員会議の議題にまでなってしまうのだが、イジメを誘発する可能性があるあだ名や呼び捨てとは違い、一人称まで学校が規制するというのは、下手すると子供の人権問題にすらなりかねず、『妾』というのは汚い言葉使いというわけでもなく

――「めかけ」とも読めるのが若干非道徳的な感もあるが、ただの印象論だ――むしろ品位のある一人称のため、学校側で注意するという意見は却下された。

かくしてサラは、入学初日で六年二組を制したのみならず、二日目には学校全体にまで多大な影響を与えてしまったのだった――。

探偵の目覚め

１２月１４日　１３時１０分

サラが小学校デビューを派手にキメた一方で、サラの友達の友奈（ゆな）は転校デビューを派手に失敗していた。

永縄（ながなわ）友奈、十三歳。

以前は県内有数の私立進学校に通っていたが、学校でイジメに遭い、友奈の母親が探偵の鏑矢惣助（かぶらやそうすけ）に解決を依頼。惣助と一緒にやってきたサラと知り合い、三国志という共通の趣味があったのをきっかけに仲良くなった。

サラが学校に通うというので、イジメ問題解決後も学校で浮いてしまったこともあり、公立中学への転入を決めた。

しかし、サラと一緒に中学に通えるものと思いきや、サラの年齢が実はまだ小学六年生相当だったと発覚。しかもこれまで友奈が聞いていたサラのプロフィールは、ほとんど嘘だったという。

混乱と怒りで頭がぐちゃぐちゃになってしまった友奈は、転入先のクラスで自己紹介するとき「よくもだましてくれたなアアアア!!」と叫ぶという奇行に走ってしまい、クラスメートからやベーやつ認定され、転入して一週間経った今もクラスで浮いている。

転入したのが十二月という半端な時期だったのも、生徒たちの忌避感に拍車をかけたのだろう。なにか特殊な事情があるのでは、とどうしても邪推されてしまうのだ（実際にワケアリではあるのだが）。

中学一年生もそろそろ終盤、あとはこのクラスでどんな思い出を作っていこうかという時期にやってきた、ワケアリっぽい異分子。歓迎されるわけもない。

しかし昨日サラから来たＬＩＮＥによると、あっちは初めての学校がとても楽しかったらしい。友奈と違ってコミュ力高い陽キャなので上手くやれたのだろう。

ちなみにサラのＬＩＮＥに対する友奈の返事は「ふーん」という素っ気ない一言。

転校初日にクラスメートの前で怒りをぶちまけて以来、友奈のサラに対するメッセージは大体こんな感じである。

自分が怒っていることを暗に伝えようとしているわけだが、サラがそれに気づいた様子はなく、これまでと変わらず「三国志で過大評価されている武将といえば？」とか「逆に過小評価されている武将といえば？」とか「詳しく調べれば調べるほど呉が嫌いになっていく件について」といった、三国志ファンなら食いつかずにはいられない話題を振ってくる。

そのたびに友奈は話に乗りたいのを必死にこらえながら「中学生だから宿題たくさんあって

忙しい」とか「中学生だから明日の準備に忙しい」とか言って拒否している。

サラが悪意をもって友奈に嘘をついていたわけではないとは思う。きっとものすごく複雑な事情があるのだろう。

それでも一言くらい謝ってほしいし、一緒に中学に行けなくなったことを少しは残念がってほしかった。

（なんでアタシばっかりこんなモヤモヤしないといけないの）

トイレの個室でスマホを手に三国志モノのネット小説を読みながら友奈は嘆息する。

現在、早良中学校は昼休みの時間である。

他の生徒の奇異な視線が鬱陶しくて、最近昼休みはいつも、人の出入りが少ない特別教室棟のトイレで過ごしている。

（……これじゃ、転校してきた意味ないじゃん）

自嘲気味にそう思う友奈。

このままではよくないのはわかっている。

しかし、既に人間関係の出来上がっている中に自分から飛び込んでいく勇気がどうしても出ない。

またいじめられたらどうしようと、当時の記憶が甦って足が竦む。

と、そのとき。

外から足音が聞こえてきた。誰かがトイレの中に入ってきたようだ。

「ほらはやく来なって！」

「休み時間終わっちゃうでしょー？」

「や、やめ……」

「えー、なんか言ったー？」

複数の女子生徒の声。

嗜虐的な声音が複数と、泣きそうな声が一人。

「ほらっ！」

「いやっ！」

「あはは！」

「ごめんなさい！　許して！」

「えー？　なに急に謝ってんのー？」

「なんか悪いことしたの？　じゃあお仕置きしなきゃ」

「い、いやぁっ！」

……見えなくても、嫌がる一人を無理矢理トイレに連れ込んでいるのはわかる。そして、これから何が行われようとしているのかも。

（あー……）

友奈(ゆな)は顔をしかめる。

(こっちにもあるのね、イジメ……そりゃあるか、私立でもあったんだし……)

一般的に、イジメの発生率は私立校より公立校のほうが多いという。一人一人家庭環境や能力や価値観が大きく違う生徒が何百人も同じ建物の中に詰め込まれれば、トラブルが起きないほうがおかしいのだ。

友奈はどうしようか少し迷いつつ、とりあえず音姫のセンサーに手をかざした。スピーカーから個室の外にも聞こえる大きさで鳥の鳴き声と川の音が響き、

「やべ、誰か入ってる」

「なんでこんなとこ使ってんのよ」

「どうする?」

「ちっ、行くよ」

いじめていた側の生徒たちが慌ててトイレから出て行く音が聞こえ、友奈は安堵(あんど)の息を吐く。誰かに見られようが関係ねえと居直られる可能性もあったのだ。

三人の足音が遠ざかったあと、残された一人も立ち去ろうとしているのがわかった。

「あっ、待った。そこの人」

「え!?」

友奈が呼びかけると、ドア越しから怯(おび)えた声が聞こえた。

「……アンタ、いじめられてんの？」

ストレートにそう訊(たず)ねると、

「ち、違います！」

慌てた声でそう言って、ドアの前にいた誰かは逃げるようにトイレから出て行った。

（そりゃそっか）

誰かもわからない人間に、素直に「いじめられてます」などと言うわけがない。

友奈(ゆな)は納得しつつ、スマホを操作する。

すると、

『ほらっ！』『いやっ！』『あはは！』『ごめんなさい！　許して！』『えー？　なに急に謝ってんのー？』『なんか悪いことしたの？　じゃあお仕置きしなきゃ』『い、いやぁっ！』

スマホのスピーカーから、先ほど外から聞こえてきた音声が再生される。

友奈が咄嗟(とっさ)にアプリを使って録音したものだ。

前の学校でのイジメを受けていたとき、探偵の鏑矢惣助(かぶらやそうすけ)がイジメを迅速(じんそく)に解決するために友奈に提案した方法は、弁護士に内容証明を送りつけてもらうというものだったのだが、それには友奈自らがイジメの証拠を入手する必要があった。

惣助に借りた探偵の秘密道具、超小型カメラ内蔵ボールペンを使って、友奈は見事にイジメの映像と音声を入手したのだった。

イジメ問題が解決したあとも、友奈はことあるごとにスマホでこっそり自分の周囲で交わされる会話を録音するようになった。

もしまた何かトラブルが起きたときの証拠になるかもしれないという自衛意識からだが、単純に、スパイや探偵みたいで楽しかったのも大きい。

この学校に転校してきてからも、友奈のこの習慣は続き、今回も半ば反射的に録音アプリを使用していた。

所詮（しょせん）は無料のアプリなので音声は少し粗いが、それでも十分に声の識別は可能だ。

友奈は胸糞（むなくそ）悪くなるのを我慢しながら、先ほどの音声を何度か繰り返し聴き、四人の声を記憶する。

これで、もしも声の主が友奈と同じクラスの誰かだったら、授業で発言したり教室で喋（しゃべ）っている声を聞けばわかるはずだ。

イジメの加害者や被害者が誰なのか突き止めたあとどうするのかは特に考えていないのだが、とりあえず知れるのなら知っておこうと思う。

１２月１４日　１４時５１分

六時間目、国語の授業のとき、早くもいじめられていた生徒が判明した。

「そうか。そうか。つまり君はそんなやつなんだな。」

教師に指名され、立って教科書を音読している生徒の声は、間違いなくトイレで聞いたのと同じものだ。

出席番号三番、今針山瑞季。

友奈と話したことは一度もないので、彼女がどんな人間なのかは知らない。印象としては、友奈と同じように、どこにでもいる女子中学生といった感じだ。

（あとはいじめてる側の連中ね）

今針山の音読が終わり、彼女のうしろの席の生徒が続きを読み始める。友奈はその声に意識を集中するが、イジメ加害者のものではなかった。

……結局、授業が終わっても加害者の三人についてはわからなかった。

少なくとも、五時間目と六時間目の授業で発言したクラスメートの中にはいない。

国語の時間にはかなりの人数の声を聞くことができたのだが、その中に一人もいなかったということは、加害者たちは別のクラスの可能性がある。もしかすると一年ではなく、上級生かもしれない。

（まあ、とりあえず調べてみよっかな。……どうせ暇だし）

イジメに対する怒りももちろんあるのだが、どちらかといえば単純に興味本位で、友奈はそう決めたのだった。

12月15日　13時0分

翌日。

昼休みになってすぐに、今針山は一人で教室を出て行った。その表情はどことなく暗いように見えた。

友奈もさりげなく席を立ち、今針山のあとを追う。

今針山がやってきたのは、特別教室棟の屋上へと繋(つな)がる階段の踊り場だった。屋上への扉は施錠されているため、出ることはできない。

「おっせーよ」

今針山に対し、威圧的な声がかけられるのが聞こえた。

友奈のいる位置から姿を見ることはできないが、昨日今針山をトイレに連れ込んだ三人組の一人の声だった。

「す、すいません先輩」

怯(おび)えた声で今針山が言った。

やはり加害者は同じクラスの生徒ではなく、上級生だったらしい。

急ぎ録音アプリを起動し、友奈は息を潜めて耳を澄ます。

「で、今日はもちろん持ってきたよね？」

別の女子生徒が問う。

「え、ええと……」

「はぁ～？　まさか今日も持ってこなかったの？」

「ご、ごめんなさい！　で、でも、もうお小遣いなくて……お正月になったらきっと」

「は？　あたしら今日カラオケ行くんですけど？」

「そ、そんなこと言われても……」

会話の内容から察するに。

どうやら今針山は、上級生から恐喝を受けているらしい。

（……ったく。最悪）

内心毒づきつつ、友奈は飛び出したい衝動をこらえて聞き耳を続ける。

「あんたさぁ、うちらのこと舐めてるよね」

「これは指導が必要かなー。先輩として」

「ゆ、許してください、お願いします」

上級生の恫喝に、今針山が泣きそうな声で懇願する。

「あはっ、ちょっと泣かないでよー。あたしらがいじめてるみたいじゃん」

「じゃ、指導室行こっか」

「指導室という名のトイレな。アハハ」

「どこ使う？　また三階？」

「でも昨日誰か入ってたじゃん」

「二日連続ウンコはないっしょ」

笑いながら不愉快な相談をする三人に、友奈は憤（いきどお）りと恐怖心を押し殺しながら、すっと呼吸を落ち着ける。

それからスマホの録画モードをＯＮにしてから制服の胸ポケットに入れ、レンズ部分が少しポケットからはみ出るようにする。

そして、

「今針山さーん」

踊り場にいる今針山の背中に向けて、名前を読んだ。

「え？」

今針山が驚いた顔で振り返る。

友奈は彼女に努めて淡々と、

「こんなところにいたの？　捜してたんだけど」

「えっと、永縄(ながなわ)、さん？」

さらに戸惑いの色を深める今針山(いまはりやま)に、

「先生が呼んでる。なんかめっちゃキレてた」

そう言いながら階段を上り、踊り場の死角にいた三人に目を向ける。

胸元の学年章の色は三人とも黄色。

沢良(さわら)中学の学年章は色によって分けられており、黄色は二年生であることを示している。正確には三年間同じ色の学年章を使い、三年生が卒業すると翌年度の新入生がその色になるというスライド式だが。

三人とも髪は短めで色は黒く、不良という感じはしない。品性のない会話から抱(いだ)いた印象とは異なり、どちらかというと真面目な雰囲気すらある。

友奈(ゆな)は三人に軽く頭を下げたあと、「じゃ、急ぐので」と今針山の腕を引く。

と、

「ちょっと」

三人組の一人が、警戒と苛立(いらだ)ちが混じった声で友奈に呼びかけた。

「はい？」

「あたしらの話、聞こえてた？」

「話ってなんですか？」

とぼける友奈に三人は鋭い視線を向ける。

これ以上は焦り(あせ)が顔に出てしまいそうだったので、友奈は小首を傾げ(かし)たあと踵(きびす)を返し、今針山の手を引きそそくさと階段を降りるのだった。

１２月１５日　１３時９分

今針山を連れて友奈がやってきたのは、特別教室棟のトイレだった。いじめる相手がいなければ、あの三人がここに来る理由もないだろう。

「あ、あの、先生が呼んでるんじゃ……」

「それ嘘」

友奈の答えを予測していたのか、今針山はあまり驚きを見せず、

「じゃあ……やっぱり私を助けてくれたの？」

「まあ、一応」

「えっと……なんで？」

「まあ、なんとなく」

少し頬を赤らめて無愛想に答える友奈。

「昨日ここの個室に入ってたのって、永縄(ながなわ)さん？」

「……まあ」

友奈(ゆな)は小さく頷(うなず)き、

「それより、アイツら何？　二年よね」

「永縄さんには関係ないから」

「たしかに関係ないけど、これ以上エスカレートする前になんとかしたほうがいいと思うのが普通じゃない？」

「……っ」

友奈の言葉に今針山(いまはりやま)は一瞬唇を歪(ゆが)め、

「……おおごとにはしたくないから」

「もう十分おおごとになってると思うけど。あれカツアゲでしょ？　もう何度かお金取られてるよね？　それ嫌がらせとかゆうレベルじゃなくて、普通に犯罪なんだけど」

「そ、それは……でも……」

「なんでそこまで隠したいの？　アイツらアンタの何？」

友奈が訊(たず)ねると、今針山は重い口ぶりで、「……部活の先輩」と答えた。

彼女の話によると、イジメを行っていた三人は今針山と同じバスケ部員らしい。

三年生が部活を引退後、今針山が二年の彼女たちを差し置いてレギュラーに選ばれたことから嫌がらせが始まり、それがエスカレートしていった。

三人組は部活にもほとんど顔を出さなくなったのだが、今でもバスケ部員であることは間違いなく、おおごとになれば沢良中バスケ部は冬の大会に出られなくなる可能性がある。

「ふーん……だからバスケ部に迷惑かけないために、アンタ一人で耐えてるってわけね」

今針山は沈痛な面持ちで頷き、

「だから永縄さんも、先生とかには言わないで」

友奈は嘆息し、

「アンタがそれで納得してるならそれでいいけどさ……。ちなみにアンタが先輩にいじめられてるってこと、他の部員は知ってんの？」

「……みんな薄々は気づいてると思う」

「そうなんだ。素晴らしい仲間ね」

吐き捨てるように友奈が言うと、今針山は目に涙を浮かべて悔しそうに拳を握りしめた。

「……アンタがほんとに今のままでいいってゆうなら、アタシはもうなんにもしない。でも、なんとかしたいなら一応、協力はするよ」

するると今針山は小馬鹿にするように、

「協力？　永縄さんに何ができるの？」

「まあ……弁護士とか警察に提出するための証拠集めとか？」

「弁護士⁉　警察⁉」

今針山が意表を突かれた顔を浮かべた。友奈は淡々と、

「先生とか学校とか頼っても、最悪隠蔽されるし、良くてちょっとアイツらに注意するくらいでしょ。証拠ガッチリ固めて弁護士に内容証明ってゆうの送ってもらうほうが確実」

「でも証拠って言われても……」

「こうゆうのとか」

友奈はスマホを取り出し、先ほどの踊り場での今針山と三人組の会話を再生してみせた。

「録音してたの⁉」

今針山が驚きの声を上げる。

「まあ、いじめてる奴の名前がはっきり入ってるほうがいいんだけど。そうだ、ＬＩＮＥのやりとりとか残ってたりする？　『金持ってこい』みたいなやつがあったら、スクショ取って証拠に使えるんだけど」

「ええと……そんなストレートなのはなかったと思う……。呼び出しのＬＩＮＥならいっぱいあるけど……」

「残念。クズなりに知恵を使ってるのかもね。それじゃあ新しく集めるしかないか」

友奈が言うと、今針山は友奈の顔をまじまじと見つめ、絞り出すように問う。

「ねえ……ほんとに、証拠を集めて弁護士に頼んだら、イジメは終わるの？」

「少なくともアタシのときは終わったよ」

努めてさらりとした口調で友奈は答えた。ハッと目を見開く今針山に、友奈は自嘲気味に笑って、

「まあ、イジメが終わっても地獄からちょっとマシな地獄に変わるだけかもしれないし、部活がどうなるかは知らないけど」

友奈の言葉を今針山は神妙な顔で聞き、しばらく押し黙ったあと、

「永縄さん……協力して」

真剣な声でそう言った。

１２月１６日　１３時３分

かくして友奈は、今針山をイジメから救うため動くことになった。

方法は友奈が惣助に教わった方法と同じで、今針山自身にイジメの証拠――加害者の名前や顔がはっきりわかる映像や音声記録――を掴ませる。

というわけでさっそく放課後、電器屋で小型カメラを購入。

友奈が惣助に借りたような、プロの探偵が使うレベルの小型カメラは高額すぎてとても買え

いた。

なかったが、画質が悪くてバッテリーもあまり長く持たないものなら、友奈の貯金でも手が届

　イジメの行われる場所と時間が事前に予測できるのであれば、安物のカメラでも十分に役割を果たせるはずだ。

　翌日、給食の時間が始まる前に、友奈は昨日今針山が恐喝を受けていた踊り場に行き、屋上への扉に貼ってある「屋上への立ち入りは禁止」と書かれた張り紙の裏にカメラを設置。張り紙は元々ボロボロになっており、穴が一つ増えたところで違和感はない。

　給食が終わって昼休みになると、今針山が三人組に踊り場へと呼び出される。

　教室を出るとき不安げな顔で友奈を見た今針山に、友奈は真剣な顔で頷き、自分も席を立って今針山のあとを追う。

「おっ、やっと来た」

「相変わらずクソとれーなー」

　踊り場へとやってきた今針山に、加害者たちがニヤニヤしながら声をかける。

　友奈は昨日と同じく、彼女たちから見えない位置に立ち、スマホをカメラに接続した。

　カメラの映像がスマホの画面へと映し出される。

（よし……！）

　三人の顔がバッチリと画面に入っているのを確認し、小さく笑みを漏らす友奈。

「今日こそ持って来たんだろうね」

「は、はい……鎌田（かまた）先輩」

今針山が名前をはっきりと呼んで答える。

「へー、いい心がけじゃん」

「じゃ、はやく出しな」

今針山がポケットから財布を取り出し、

「あ、あの！　鎌田先輩、瀬戸（せと）先輩、野田（のだ）先輩！」

「ああ？」

三人に凄（すご）まれ、今針山は声を震わせながら、

「も、もうこれで最後にしてください……！　お金、取るの……」

「はぁ～？　取るとか人聞き悪いこと言わないでほしいんですけどー」

「そうそう。コレは先輩としての指導料だから」

「で、でもこんなの……きょ、恐喝です！」

今針山の言葉に、三人組が不愉快そうに顔をしかめた。

「ああ？　あんたチョーシ乗ってね？」

「いいからさっさと渡しなよ！」

一人が今針山から強引に財布を奪い、中から三千円を取り出して財布を床に捨てる。

「三千円しか入ってねーじゃん。万札持ってこいって言ったでしょ?」

「やっぱ指導が必要だね」

「先輩に反抗的な態度を取った分も上乗せしないと」

「ひ……！」

今針山(いまはりやま)が怯(おび)えて身体(からだ)を震わせる。

(そろそろいいかな)

そう判断し、友奈(ゆな)は今針山に電話をかけた。今針山のスマホから着信音が鳴り響く。

「で、出てもいいですか」

今針山が加害者たちに訊(たず)ねると、

「は?　いいわけないでしょ?」

「さっさと切れよ」

「で、でも、部長からだから、急ぎの用事かも……」

するとニ人は舌打ちし、

「あたしらといるなんて言うなよ」

「は、はい」

頷(うなず)き、今針山が通話ボタンを押した。

友奈が「ばっちり録画できた。お疲れ様」と告げる。

「え、ほ、本当ですか！」

「うん」

「す、すいません忘れてました！」

「じゃあまた昨日のトイレで合流で」

そう言って友奈は歩き出す。

「わ、わかりました、すぐ行きます！」

今針山も通話状態のまま三人組にお辞儀し、落ちていた財布を拾うとそそくさと踊り場から離れていったのだった。

１２月１６日　１３時１２分

特別教室棟のトイレで友奈が待っていると、間もなく今針山もやってきた。

「お疲れ様」

友奈が言うと、今針山は目に涙を浮かべながらも安堵と達成感が綯い交ぜになった顔で微笑んだ。

「じゃあ動画、そっちに送る」

「う、うん」

転送された動画を、今針山は自分のスマホで確認する。真剣な表情で画面を見つめている今針山に、

「その証拠をどう使うかはアンタに任せる。信用できる先生がいるなら見せてもいいし、弁護士に頼んでもいいし、警察に持ってってもいい。アイツらに直接ダメージ与えたいならネットに流すのが一番簡単かもだけど、流したのがアンタだってバレたら逆に訴えられる可能性があるから注意ね」

「う、うん……ちゃんとしっかり考える……」

今針山の返事に友奈は小さく笑い、

「じゃ、アタシはカメラ回収してくるから」

「あっ、待って！」

立ち去ろうとする友奈を、今針山が呼び止めた。

「……なに？」

「あの、あ、ありがとう、永縄さん。なんてゆうか……えっと、すごいね、永縄さん」

「？　なにが？」

「なんか、ほんとの探偵みたい」

その言葉に友奈は目を見開き、それから少し頬を赤らめ、

「べ、べつに……ほんとの探偵はもっとすごいし」

早口でそう言って、友奈はトイレから去るのだった。

12月16日　16時43分

学校が終わって家に帰ったあと、友奈は鏑矢(かぶらや)探偵事務所を訪れた。

チャイムを鳴らして間もなく、扉を開けて探偵の鏑矢惣助(そうすけ)が出てくる。

「おっ？　久しぶりだね」

友奈の顔を見て惣助が少し驚いた顔をした。

サラとはよくスマホでやりとりしたり一緒に遊んだりしているのだが、惣助と顔を合わせるのは友奈のイジメが解決してから初めて——約二ヶ月ぶりのことだった。

「あ……えっと、うん」

「まあ上がって。サラなら中にいるよ」

惣助に促され、友奈は事務所へと上がる。

サラが友奈の家に来たことはあっても、友奈が鏑矢探偵事務所に入るのは初めてだ。事務所といっても中は普通のアパートのようで、少しがっかりする。

惣助のあとに続き友奈がリビング兼事務所へと入ると、炬燵に入って寝転がっていたサラがぱあっと笑顔を浮かべ、炬燵から出てこちらにやってくる。

「友奈⁉　友奈ではないか！」

「……うぃっす」

友奈が仏頂面で挨拶する。

と、そこで惣助が笑いながら、

「よく来てくれたね。こいつ、最近君に会えなくて寂しがってたから」

「そうなの？」

するとサラは顔を赤らめ、

「べ、べつに寂しがってなぞおらんわい！」

「ほんとか？　『最近友奈のＬＩＮＥが塩対応なのじゃ～』とか言って悩んでただろ」

「あ、悪質な嘘をつくでない！　妾そんなこと言っとらんし！」

「言ったって」

「言ってませんー」

「言いましたー」

「はー？　何時何分何秒？　言ったって言うなら証拠見せてくださいー！」

「子供か！　……そういえば子供だったか」

惣助はそう言いながらスマホを手に持ち、

「ほら証拠」

惣助がスマホの画面をサラに向けてタップすると、サラと惣助の会話が再生され始めた。

『むーん……』

『どうした？』

『最近友奈のＬＩＮＥが塩対応なのじゃ～』

「な？」と惣助が音声を止めた。

確たる証拠を突きつけられ、サラの顔がかあっと赤くなる。

「ちなみに十二月十四日十九時四十三分の録音データだ」

「ね、捏造じゃ！　ハハーンこれがいわゆるディープフェイクというやつじゃな！　悪質なサイバー犯罪！　探偵がこんなことをするとはよもやよもやじゃ！」

「んなわけねーだろ」

騒ぎ立てるサラに、惣助が冷静にツッコむ。

「そもそもなんでこんな会話を録音しておるんじゃい！」

「録音アプリ試してたらたまたま録れたんだよ」

「ぐぬぬ……」

サラは悔しげに呻き、ちらりと友奈に視線を向ける。

「ふーん……サラ、アタシに会えなくて寂しがってたんだ?」

寂しく思っているのが自分だけでなかったことに、友奈は安堵する。LINEでわざと素っ気なく返していたのも、ちゃんと伝わっていたらしい。

サラはもじもじとばつが悪そうに、

「じゃって……もしかしたら友奈を怒らせてしまったかもしれんと思って……」

「そりゃまあ、一緒に中学に行くって約束をいきなり反故にしたら普通は怒るわな」

惣助が言うと、サラは言い訳がましく、

「ふ、不可抗力なんじゃから仕方なかろう!?」

友奈は呆れ顔で嘆息し、

「はぁ……そのことはもういいよ。アンタに悪気がないのはわかってたし」

「まことか!?」

「うん」

サラは安堵の色を浮かべ、

「よかったのじゃ……。ぶっちゃけ年齢を一つ誤魔化して中学に入っても全然よかったのに、『小学生探偵』という肩書きへの誘惑に抗えず小学校に入る選択をしたことをちょっとだけ後ろめたく思っておったのじゃが、わかってもらえて嬉しいぞよ！」

「おいコラ」

笑顔で白状したサラに、友奈は頬を引きつらせるのだった。

「まあこいつが君のことを大事な友達だと思ってるのは本当なんだ。これからも仲良くしてやってくれ」

取りなすように惣助が言った。

友奈は「ん……」と仏頂面で頷き、

「あ、でも今日ここに来たのはサラに会うためじゃなくて……えっと……鏑矢、さん？　草薙、さん？」

呼び方に迷う友奈に、惣助は「どっちでも、呼びやすい呼び方でいいよ」と答えた。

「じゃあ……オジサン」

「お、オジ……!?」

惣助は一瞬目を見開くと、引きつった笑みを浮かべて嘆息し、

「サラじゃなくて、俺に何か用があるってことか？」

「うん」

友奈は頷き、おずおずと、

「探偵って、どうやったらなれるの？」

「？　なんでそんなことを」

「もしや友奈も探偵になりたいのかや!?」

サラの言葉に、友奈は少し頬を赤らめ、

「べつに……ちょっと興味が湧いただけ」

「へえ……まあいいけど」と惣助は言い、

「探偵になるだけなら、別に特別な資格とかは必要ない」

「え、そうなの？」

「ああ。警察に行って開業届を出せば誰でも……反社とか破産者とか一部例外はあるが、基本的には誰でも手続きさえ済ませれば探偵を名乗ることはできる」

「子供でも？」

「法定代理人……まあ基本的には親だな。その人が手続きすれば理屈では可能だ」

「そんな簡単になれちゃうんだ……」

少し拍子抜けする友奈に、惣助は苦笑を浮かべ、

「開業するだけなら簡単だが、開業するのと探偵業でちゃんと食っていけるかどうかは別問題だぞ。尾行とか聞き込みのスキルも必要だし幅広い法律知識も頭に入れておく必要があるし、大前提としてハードな業務に耐えられる体力と気力が不可欠だからな」

「じゃあそのスキルってゆうのはどこで覚えるの？」

「最近だと探偵学校に行く人が多いな」

「探偵学校……って探偵になるための学校ってこと？」

「ああ」

「そんなのあるんだ」

「惣助も探偵学校に通っておったのかや？」

サラが訊ねると、

「いや、俺は親が探偵だったから小さい頃から見よう見まねで……。新人育成のノウハウがある大手の探偵事務所に事務とかバイトで入って、一人前になってから開業する人もいる。あとは仕事に必要なスキルが近い警察官が探偵に転職するってパターンも多いな」

「ふーん……いろんな方法があるのね」

真剣な顔で考える友奈に、サラは小首を傾げ、

「友奈はなにゆえ探偵になりたいと思ったのじゃ？」

「だからちょっと興味が出てきただけだってば。学校でちょっと……あって」

「まさかまたいじめられたのかや!?」

目を剝くサラに、友奈は慌てて、

「違うって！　……いじめられてた同級生を助けたの。前にオジサンに教えてもらったやり方で」

友奈は今日中学であったことを惣助とサラに話した。そして二人に、入手した恐喝の証拠

映像も見せる。

「はー、やるではないか友奈」

「ああ……胸糞悪い映像だけどよく録れてんな。加害者の名前も顔も金を奪ってる瞬間もバッチリ入ってて、証拠として申し分ない」

惣助の評価に、友奈は少しはにかみ、

「それでアタシ、すごい楽しかったんだよね……。尾行してるときとか、カメラ仕掛けてるときとか、すごいドキドキしたし、上手くいったとき超興奮したし嬉しかった。イジメから同級生を助けられてよかったって気持ちもあるけど、それより断然楽しかったのほうが強いの。……やっぱ不純かな？　こんな理由で探偵になりたいって思うの」

「いや、べつにそんなことはないぞ」

友奈の疑問に、惣助は即答した。

「探偵になる動機なんて人それぞれだが、少なくとも俺が前にいた事務所で一番多かった理由は『面白そうだったから』だしな。実際俺だって、後味が悪い仕事だろうと上手くできたらそれはそれで嬉しいし、尾行とか張り込みしてる時の緊張感も嫌いじゃない」

「なんじゃと!?　世のため人のため正義の名探偵を目指しておるのではなかったのかや!?」

惣助の言葉にショックを受けているサラに、

「それと仕事を楽しむこととは別に矛盾しないだろ。正義の味方だって楽しいに越したことはねえよ」

「たしかに！　ぶっちゃけ妾も尾行めっちゃ楽しいからのう！」

一瞬で納得するサラ。

「そっか……『面白そうだから』で目指してもいいんだ」

友奈はかつて、探偵に救われた。

医者や警察官に救われた子供が将来その職業を目指すように、自分も探偵になって誰かを救いたいというのが探偵を目指す動機だったら美しいとは思うけれど、正直、知らない誰かを助けたいという気持ちは友奈にはあまりない。

イジメを行うようなクソ野郎をぶちのめしたいとは思うけど、それは正義とは別の感情だと思う。

だからそんな自分が探偵を目指すなんて間違っているのではと思ったのだが、もっと気軽に考えてもいいのかもしれない。

「ありがとう、オジサン。じゃ、アタシ帰る」

「もう帰るのかや？　せっかく来たんじゃから三人でスマブラやろ？」

サラの言葉に首を振り、

「夕飯の準備しないといけないから」

そう答えて、友奈は鏑矢探偵事務所を後にするのだった。

そして。

この数日後に学校で行われた、将来なりたい職業についてのアンケートで、友奈は迷わずこう書いた。

第一希望　探偵

CHARACTERS

SALAD BOWL OF ECCENTRICS

ゆな NAME

ジョブ:中学生(探偵志望) NEW

アライメント:善/中庸

STATUS

体力:	55	NEW
筋力:	56	
知力:	68	NEW
精神力:	65	NEW
魔力:	0	
敏捷性:	62	
器用さ:	69	NEW
魅力:	64	
運:	26	NEW
コミュ力:	27	NEW

遊び人女騎士

12月16日　8時19分

主のサラがこちらの世界で日本人としての戸籍を手に入れ、新しい人生を本格的にスタートさせた一方。

異世界からやってきた女騎士リヴィアは、プロのミュージシャンを目指している少女弓指明日美と、宗教家であり多才なマルチクリエイターでもある皆神望愛とともにガールズロックバンド『救世グラスホッパー』を結成し、メジャーデビューという新しい目標に向かって充実した毎日を送って――はいなかった。

バンド結成から二週間。

リヴィアの担当はギターなのだが、なにせ練習するべき曲がない。

作曲は望愛の担当で、リヴィアを救世主として信仰している望愛は、「リヴィア様に相応しい曲を作らなくては」と非常に真剣に作曲に打ち込んでいるのだが、こだわりが強すぎて未だに曲が一つもできていない。

そもそも望愛は作曲以外にも、ワールズブランチヒルクランの指導者としての活動や、クランの新商品となる御神体――リヴィアのフィギュア――の制作に、リヴィアの希望による着せ替えができるリヴィアドールの制作も並行しており、非常に多忙である。そんな彼女を急かすことはできなかった。

明日美のほうもクランの音楽経験者に曲作りを学んだりしているのだが、こちらもアルバイトやボイストレーニングと並行しているのでモノになるのはまだまだ先のようだ。

というわけでリヴィアは現在、望愛のマンションの作業部屋で全裸になり、望愛に全身くまなく触られながら観察されている。

フィギュアとドールの開発がいよいよ大詰めで、機械ではなく人の手による丁寧な調整が必要らしい。「そのためには、リヴィア様の肌の質感をしっかりわたくしの手に覚えさせなくてはならないのです」とのこと。

「ハァ、ハァ……これが、リヴィア様の肌の感触……なんと恐れ多い……ありがたや、ありがたや……」

荒い息を吐きながら、恍惚の表情でリヴィアの肌を撫でる望愛。肌だけでなく髪の毛や下の毛の感触まで念入りに調べており、彼女の本気が窺える。

「ところで望愛殿、人形の完成はいつ頃になりそうですか？」

「あ、あと三日もあれば、見本が完成すると思います。量産体制を整えるにはまだまだ時間がかかりそうですが……」

望愛の答えにリヴィアはホッとする。

「よかった、クリスマスには間に合いそうですね。では完成したら、着せ替え人形を一体、某にいただけませんか」

「もちろん構いませんが……クリスマスに、何かあるのですか？」

望愛が少し不安そうな顔をして訊いてきた。

「この国ではクリスマスに大事な人に贈り物をする習慣があると聞きました。ですから某の人形を贈りたいのです」

「そ、その大事な人というのは……！？」

「某の主です」

「救世主様の主……！？　それはすなわち神ということでは！？　神が現世に降臨されておられるのですか！？」

驚愕に目を見開く望愛にリヴィアは苦笑し、

「ですから某は救世主などではありません。某と一緒にこの世界にやってきた方で、某はその方の側近として仕えていたのです」

「そのようなお方が……。リヴィア様は、今でもその方を大事に思っておられるのですか？」

おずおずと訊ねた望愛に、リヴィアは迷いなく頷く。

「もちろんです。この世界でも姫様をお守りすることが某の役目です」

「姫様……ということは女性なのですか？」

「はい」

「ち、ちなみに歳はおいくつなのでしょう？」

「たしか十三だったかと」

「十三っ」

リヴィアの答えに、望愛は何故か少し安堵したような表情を浮かべた。

「その方は今どちらに？　近くでお守りしなくて大丈夫なのですか？」

「姫様は某とは比べものにならないほどの傑物。既に自らの力でこの世界に居場所を見つけておられます。今の落ちぶれた某に、姫様の近くでお仕えする資格はありません……」

リヴィアが自嘲的に笑うと、望愛はリヴィアの胸をねっとりと揉みしだきながら、

「ハァ……♥　そのようなことを仰らないでくださいリヴィア様……。リヴィア様はここにいてくださるだけで十分わたくしの救いとなっております」

「そう言っていただけるとありがたいです。あと、少しくすぐったいです」

こんなふうにかれこれ三十分ほど望愛に身体を触られ続け、本日の商品開発アドバイザーのおしごとは終了となった。

「望愛殿。某にもなにかお手伝いできることはありませんか？　人形以外でもバンドに関してとか家事とか」

服を着てリヴィアが訊ねると、望愛はまだ恍惚の色を浮かべたまま首を振り、

「ハァ、ハァ……大丈夫です……雑事はすべてわたくしにお任せください。それよりリヴィア様、そろそろパチンコのお時間ではありませんか？」

「はっ、そうでした！　今日こそは負けた分を取り戻してみせます！」

「ご武運を、リヴィア様。こちらが今日の軍資金です」

「ありがとうございます！」

望愛がリヴィアに現金二万円を渡し、リヴィアはいつものようにそれを受け取り、望愛に買ってもらったロードバイクでパチンコ店に向かうのだった。

12月16日　9時0分

リヴィアが初めてパチンコを打ったのは、望愛のヒモになって間もなくのことである。

ホームレス時代の知り合いが「簡単なゲームをやるだけで稼げる」と言っていたので試しに店に入ったところ、スタッフに少し教えてもらっただけで、機械に不慣れなリヴィアでも簡単に仕組みを覚えることができた。

単純な操作でいろいろな演出が見られるのが楽しくて、あっという間に夢中になり、そして

所持金をほぼ全部吸われた。

以来リヴィアは、このとき負けたぶんを取り戻すべくたびたびパチンコ店に通っているのだが、かなり儲かったこともあるが負けることのほうが多く、収支はマイナス方向に膨らみ続けている。

(某も武人の端くれ……負けたままでは終われません!)

列を作っていた他の客たちと一緒に、開店直後のパチンコ店に入るリヴィア。

ちなみにパチンコ店の営業時間は都道府県ごとに条例で決まっており、岐阜県では九時から二十三時までである(二〇二二年四月現在)。

リヴィアにパチンコのことを教えた栗ノ原というホームレスにアドバイスを求めたところ、パチンコで勝つために最も重要なのは台選びだという。

パチンコの機械はたとえ同じ機種であっても台ごとに当たりやすさが異なっており、しかもその設定は毎日変わるらしい。そのため、勝つためには開店直後に入って勝てる台を確保することが重要となる。

「勝てる台を見極めるにはどうしたらいいのですか?」

訊ねたリヴィアに栗ノ原は、

「熟練の勝負師になるとね……台から声がするようになるんだ」

「声? どの台でもけっこう喋りませんか?」

「そういうことじゃない。収録された音声じゃなくて、台の内なる声みたいなものがさ、呼びかけてくるんだよ。俺と遊んでくれ〜って……」

「なるほど。その声のする台が勝てる台というわけですね」

「ああ」

栗ノ原は深々と頷いたのだった。

というわけでリヴィアは玉を借りたあと店内を歩き回り、台の呼ぶ声を聞くべく感覚を研ぎ澄ませる。

まだまだパチンコ初心者の自分に声が聞こえるとは思えなかったが、そこは数々の死闘をくぐり抜けてきた武人としての勘で補う。

五分ほど店内をじっくり見て回り、

(この台です……！　この台が某を呼んでいる……気がします……！)

理屈ではなく直感で一つの台を選び、リヴィアは椅子に座って台と向き合う。

(いざ、尋常に勝負です……！)

12月16日　11時56分

「だから！　激アツ演出に入ったのに外れるのは本当にやめていただきたい！」

スガキヤにて担々麵とビーフカレーをヤケ食いしながら、リヴィアは本日の戦いを思い出して声を荒げた。

台に呼ばれたと思ったのは勘違いで、今日も負けた。すごく負けた。

ちなみに激アツ演出とは、これが流れると大当たりになる可能性が高い演出のことで、基本的にその台の目玉となるような凝った演出のため、プレイヤーのテンションも上がる。ただしあくまで「可能性が高い」というだけで確実に当たるとは限らず、台によっては６０％くらいの信頼度しかない場合もある。

今日の戦いでは特に、激アツ演出で盛り上がったあと結局外れるというのが何度もあって、普通に外れるよりダメージが大きく心が折れそうになった。

「なんか荒れてるねーリヴィアちゃん」

そう言って声をかけてきたのは、チンピラ然とした若い男だった。手には味噌ラーメンの載ったトレイを持っている。

名前はタケオ。

かつてリヴィアにセクキャバや転売ヤーのバイトを紹介した男である。

「タケオ殿……」

ごく自然に同じテーブルに座ってきたタケオに、リヴィアは顔をしかめる。タケオの口車に乗って転売ヤーに手を貸した結果、サラの怒りを買ってしまったのだ。

「先日はよくも騙してくれましたね」

「？　騙すってなんのこと？」

リヴィアがジト目を向けると、タケオは本気で心当たりがないとでも言いたげな様子で首を傾げた。

「先日のバイトのことです！　よくも某を、転売ヤーなどという悪行に手を染めさせてくれましたね！」

「えー？　転売はべつに悪いことじゃないよ。法律で禁止されてないし」

ラーメンを食べながら悪びれる様子もなく言ったタケオに、

「そ、それはそうかもしれませんが！　転売ヤーによって困っている人が世の中に大勢いるのですよ！」

「でも、転売のおかげで欲しいものが手に入って助かってる人だっているんだよ？」

「転売ヤーから高額で商品を買う輩も、転売ヤーと同様に世を乱す悪党です！　本気で欲しいのなら自分で店に行って買うべきなのです！」

「ええー？　リヴィアちゃん、それ病気で入院してる子供とかにも言っちゃう？」

「ぴょ、病気で入院？　なぜそんな話に？」

困惑するリヴィアにタケオはヘラヘラと笑いながら、

「『ギフューム』の限定パーカーが欲しいけど病院から出られない女の子だっている」

「いるのですか!?」

「かもしれないっしょー。そんな可哀想（かわいそう）な娘のために、父親がネットで転売品を買うことが悪いことなのかなあ？　……子供の頃からずっと入院してて、病室でプラモを作ることだけが楽しみの男の子だっているよね？」

「いるのですか!?」

「いるよー。この世界のどっかにきっといる。そんな男の子に、転売で買ったレアなプラモをプレゼントしてあげる……リヴィアちゃんはそれを責めるんだねー」

「そ、それは、えっと、ええ……」

論点をずらされていることに気づかず、リヴィアはしどろもどろになり、

「と、とにかく！　某は金輪際（こんりんざい）タケオ殿の口車には乗りません！」

「えー、残念。ちょうどいい仕事があったのに」

タケオは軽く肩をすくめ、

「でも、たしかになんか羽振りが良さそうだね。いいパパでも見つけた？」

現在のリヴィアの服装は、望愛（のあ）に買ってもらった高級品ばかりである。

「パパ？」

「パパ活の相手」

「ぱぱかつとは何ですか？」

「オジサン相手にデートとかエッチなこととかする代わりにお金をもらうんだよ」

「そ、そんな破廉恥なことをするわけがないでしょう！」

望愛のヒモも本質的にはパパ活と大差ない気がするのだが、リヴィアはその考えを頭から打ち払った。

「じゃあリヴィアちゃん、今なにやってんの？」

「……と、とある組織のもとで商品開発の手伝いをしています」

「へー、なんかよくわかんないけど、上手くやってるんだね」

「ま、まあ」

気まずくなって目を逸らすリヴィア。

「そんじゃ、さっきはなんで荒ぶってたの？」

「……べつに。パチンコで少し負けてしまったというだけです」

するとタケオは笑って、

「なーんだ。まあパチンコは運だからね。勝つ日もありゃ負ける日もあるさ」

「タケオ殿もパチンコを嗜まれるのですか？」

「たまに面白そうな新台が出たら行くくらいかなー。完全に運ゲーだからガチってもしょうがないし」

「完全に運、ですか？　しかし熟練の勝負師には勝てる台がわかると聞きましたが……」

「いやいや、ンなわけないじゃん！」

リヴィアの言葉をタケオは一笑に付した。

「し、しかし栗ノ原殿の話では……！」

反論しようとするリヴィアに、

「栗ノ原……って公園に住んでるおっさん？」

「はい」

「ははっ、勝てる台がわかってパチンコで勝ちまくってるなら、ホームレスなんてやってるわけないっしょ！」

「た、たしかに……!!」

ものすごく説得力のある言葉に、リヴィアは雷に打たれたような衝撃を受けた。

「パチンコは演出を楽しむ遊びだよ。勝つか負けるかなんて二の次さ」

「な、なるほど……」

意外と節度をもってパチンコと付き合っているチンピラを前にして、リヴィアは負けを取り戻そうと躍起になっていた自分を恥じる。

そんなリヴィアにタケオはドヤ顔で、

「やっぱ、真の勝負師だったら競馬か競輪だね！」

「ほう。そういえばこの街にも競輪場というのがありましたね」

「おっ、リヴィアちゃん興味ある感じ?」

「はい!」

タケオの言葉に、リヴィアは勢いよく頷(うなず)いたのだった。

12月17日　10時36分

というわけでさっそく翌日。

笠松(かさまつ)競馬場にてレースが行われることを知ったリヴィアは、望愛(のあ)に「今日こそは倍にしてお返しします!」と威勢良く宣言して軍資金をもらい、競馬場にやってきた。

岐阜県内にある公営競技場は、岐阜競輪場、大垣(おおがき)競輪場、笠松競馬場の三つ。

岐阜競輪場は岐阜市内にあり、大垣競輪場と笠松競馬場にも岐阜市から公共交通機関で簡単に行ける。ちなみにリヴィアは自転車で来た。

タケオから聞いた話によると、日本では競馬、競輪、競艇、オートレースの四競技が公営ギャンブルとして認められており、これら以外の金銭を賭(か)ける遊びはすべて賭博罪で罰せられるという。

「え、ではパチンコはどうなるのですか？」

リヴィアが訊ねたところ、パチンコ店の店内もしくは入り口近くにある景品交換所は、基本的にパチンコ店とは別の法人が運営している無関係な店であり、「たまたまパチンコ店のすぐ近くに景品を現金で買い取ってくれる古物商があるだけ」ということらしい。

以前明日美に聞いたソープやデリヘルの件といい、よくまあいろいろ抜け道を考えるものだと、少し感心してしまう。

ともあれタケオ曰く、競馬や競輪は台の設定でほぼすべてが決まる運ゲーとは違い、人間が実際に競技するものであるため、選手や馬、レース環境等のデータを分析したり現地で様子を見ることで、勝率を格段に上げることが可能だという。

武人であるリヴィアは馬術が得意で、馬を見る目にも自信があった。

（某にかかれば、どの馬が優れているかなど一目でわかります！）

自信に満ちた笑みを浮かべ、リヴィアは意気揚々と競馬場内へ入っていくのだった。

１２月１７日　１６時３９分

六時間後。

本日この競馬場で行われるすべてのレースが終わったあと。

外れ馬券の束を握りしめ、とぼとぼと競馬場から出てくるリヴィアの姿があった。

もちろん結果は惨敗である。

そんなリヴィアに、柔らかな声が掛けられる。

「いかがでしたか？　リヴィア様」

顔を上げると、そこに立っていたのは皆神望愛（みなかみのあ）であった。

「望愛殿……なぜここに？」

「ついにリヴィア様ドールのサンプル一号が完成したので、一刻も早くお知らせしようと待っていたのです」

「そうだったのですか！　お疲れ様でした望愛殿。それに引き替え某（それがし）ときたら……」

肩を落とすリヴィアに、望愛は気遣わしげな顔で、

「あまり芳（かんば）しくなかったのですね」

「はい……。こ、こちらの世界の馬は見慣れていなかったものですから……！」

今朝大見得（おおみえ）を切って出て行った手前、ボロ負けしたのが恥ずかしくてつい言い訳をしてしまうリヴィアだった。

馬を見る目には本当に自信があったのだが、リヴィアがいた世界の馬と、今日の競馬に出場していた馬は体格がまったく異なっていた。

なんでも『サラブレッド』という、競馬に特化して生み出された品種らしく、リヴィアのよく知る軍馬とは性質的にも全然違う。だから見誤っても仕方ないのだ。

「クッ……しかしそれでも某が……某が騎乗してさえいれば、たとえ駄馬でも勝利に導いたものを！」

悔しげに呻くリヴィア。

完全に敗者の現実逃避なのだが、実際、リヴィアの馬術はプロのジョッキーにも引けを取らず、いざとなれば魔術で馬の筋肉を一時的に増強するという反則技も可能なので、ただの妄言とも言い切れなかったりする。

「リヴィア様、勝負は時の運と申します。負けたらまた挑戦すればいいのです。そのための軍資金はわたくしがいくらでもご用意しますから」

望愛の甘い言葉に、リヴィアは感激する。

「望愛殿……！　そうですね、諦めない限り逆転の目はあるはずですから！」

「ふふ、その意気ですリヴィア様」

リヴィアは再び気力を取り戻し、

「よしっ！　次は競輪に挑戦するとしましょう！　実は某、体格や筋肉の付き方、顔つきなどから相手の力量を見極めることには自信があるのです。某にかかれば、どの選手が強いかなど一目でわかります！」

「頑張ってください、リヴィア様！」

「はい！」

さすがにこの世界の競輪選手が、サラブレッドのように競技特化に品種改良されているということはあるまい。競輪ならばきっと勝てるはずだ。

いつかギャンブルで勝てる日が来るまで、リヴィアの挑戦は続く——。

CHARACTER
SALAD BOWL
OF
ECCENTRICS
リヴィア
NAME
ジョブ:あそびにん NEW
アライメント:善／中庸
STATUS
体力:100
筋力:100
知力: 27 NEW
精神力: 89 NEW
魔力: 19
敏捷性:100
器用さ: 74
魅力: 95
運: 18
コミュ力: 41

１２月１７日　１３時３２分

昼下がり。

愛崎弁護士事務所に、探偵の鏑矢惣助が一人で訪れていた。

「調査対象は会田昊生、三十六歳、サラリーマン、男性。調査期間は土曜日と日曜日の二日間。土日に急に静岡へ出張に行くことになったらしいのだけど、不倫相手との旅行の可能性が高いわ」

白いドレスを纏った弁護士、愛崎ブレンダが今回の仕事を説明すると、惣助は「なるほど」と頷く。

「対象の詳しい情報はこっちの資料にまとめてあるから、後で見てちょうだい」

「了解」

「……そういえば、今日はあの子はいないのね」

惣助にファイルを渡して、ブレンダがそう言うと、

「ああ。サラはいま学校に行ってるから」

惣助の言葉に、ブレンダは硬直する。

「学校……？　通えるようになったの？」

「ああ、まあ、はい」

今から一ヶ月ほど前、ブレンダは惣助から、サラを学校に通わせられないかと相談を受けたことがあった。そのときの惣助とサラの様子から察するに、どうもサラには戸籍がなく、身元を調べられるとまずい事情があるらしい。

そこでブレンダは話のネタとして、非合法に戸籍を入手する方法を、弁護士としてのアドバイスではなくあくまでもただの雑談として話したのだが――。

「まさか惣助クン……やったの？」

「やった……って何をですか？」

ポーカーフェイスの惣助に、ブレンダは小声で、

「……捏造よ。戸籍の」

すると惣助は小さく噴き出し、

「ははっ、そんなことするわけないじゃないですか。サラが実は俺の子供だったので普通に戸籍を取っただけですよ」

「惣助クンの子供!?」

ブレンダは目を見開き、身を乗り出して問い詰める。

「それは本当のことなの!?」

「も、もちろんですよ」

惣助が頰を引きつらせつつ頷いた。

あの日惣助とサラが帰ったあと事務員の盾山が、サラは惣助の隠し子なのでは……などという妄言を吐いたのだが、よもやそれが正解だったというのだろうか。

「実は……」と惣助が事情を説明する。

なんでも、サラは惣助が高校生のときにある女性と関係を持ってしまったときにできた子供で、彼女は惣助に妊娠を知らせず行方をくらましてしまったのだが、先日急に現れて「自分は余命わずかで他に身内もいないから」とサラを預けていったのだという。

話を聞いたブレンダは、惣助に疑惑の眼差しを向ける。

「……本当に?」

「ほ、本当ですって。ＤＮＡ鑑定の結果だってあるし」

然るべき筋に頼めば、そんなものいくらでも偽造できることをブレンダは知っていた。しかしブレンダにとって今そんなことは重要ではない。

サラと惣助に本当に血の繋がりがあるかどうかなど大した問題ではなく、大変なのは、惣助に法律上の実子が出来てしまったということだ。

（だってもしワタシが惣助クンと結婚したら、ワタシがあの子の母親になってしまうということじゃない！　ど、どうしたらいいの〜〜〜!?）

いきなりの事態に混乱するブレンダをよそに、

「じゃ、じゃあ俺は静岡行きの準備もあるんでこれで」

惣助はいそいそと事務所から退出してしまった。

１２月１７日　１３時３８分

ブレンダは事務員の盾山が淹れたコーヒーを飲みながら深刻な声を漏らした。

「困ったことになったわね……」

惣助が事務所を去ったあと、
すると、

「いえ、むしろこれはチャンスでは？」

盾山が淡々と言った。

「チャンス？」

眉をひそめるブレンダに、

「これまで通り不要な調査を依頼して鏑矢様に間接的に貢いでいるだけでは、いずれ他の女性がかっさらっていくのを指をくわえて見ているだけだったでしょうし。鏑矢様の環境に大きな変化が訪れた今こそ、勝負をかける絶好のチャンスではないでしょうか」

ブレンダは半眼になり、

「……色々と気になる部分があったのだけれど、まあいいわ。もっと詳しく聞かせなさい」

「恐らく鏑矢様にはこれまで、強い結婚願望や恋愛願望はありませんでした」

「……そうね。不倫や浮気の現場をうんざりするほど見てきて、恋愛なんてする気になれないと本人も言っていたわ」

盾山の言葉にブレンダは頷く。

なお、惣助がうんざりするほどそういう現場を見ることになった最大の原因はブレンダからの依頼である。

「しかし子供ができたとなれば話は別です。知り合いから一時的に預かっているのではなく、これから自分で何年も養っていくとなると経済的な負担が大きいですから、鏑矢様も家計を助けてくれる相手が欲しいはずです。そうでなくても探偵という職業は生活が不規則ですので、自分以外に子供のことをみてくれる人は求められるでしょう。つまり――」

「つまり……？」

息を呑むブレンダに、

「高収入かつ比較的時間の融通がきく弁護士のお嬢様は、今の鏑矢様にとって大変な優良物件というわけです」

「な、なるほど……！」

　盾山の言葉に強い説得力を感じつつも、ブレンダは口ごもり、

「でもそれだと、まるで必要だから打算で結婚するみたいじゃない？　ワタシとしては人間的な魅力で愛されたいというか……」

「チッ」

「アナタ、いま舌打ちしなかった？」

「してませんが」

　盾山は無表情で淡々と否定し、

「夫婦を引き裂くのが大好きな幼児体型の悪徳弁護士に、青臭い正義感を捨てきれない貧乏探偵の鏑矢様が人間的魅力を感じるわけがないでしょう」

「あがっ……!?」

　バッサリ言い放った盾山に、ブレンダは愕然（がくぜん）とする。

　ブレンダは惣助のいつまでも青臭さを捨て切れないところをこそ愛しているのだが、そんな惣助にとってブレンダの人間性は明らかにマイナスである。また、惣助が幼児体型好きという可能性も低い。

「おわかりになられましたか。お嬢様が鏑矢様を射止めるなら、弁護士という特性を最大限生

かして彼の打算に訴えるしかないのです」

断言した盾山の言葉を、ブレンダはしばらく反芻し、やがて、

「わかった……やってみるわ」

そう言って頷いたのだった。

12月20日　14時35分

週明け。

愛崎弁護士事務所に、惣助が調査報告にやってきた。

成果は上々で、調査対象の会田が不倫相手と静岡旅行を楽しんでいる様子がバッチリ写真や動画に収められていた。

「たしかここって、有名な温泉旅館よね」

二人が旅館へと入っていく写真を見ながらブレンダが言うと、惣助は頷き、

「みたいだな。飛び込みで泊まれるか一応電話してみたけど無理だった」

「証拠としてはこの写真で十分よ」

そう言いながらブレンダは、惣助と一緒に旅行する妄想を頭に浮かべる。

水族館や美術館を楽しんだあと旅館で温泉に入り美味しい地酒と海鮮料理に舌鼓を打ち、夜は二人、布団の上で見つめ合い、やがてどちらからともなく唇を重ね、一糸まとわぬ姿となった惣助がブレンダの小さな身体に覆い被さり「初めてだから優しくして」と弱々しく懇願するブレンダに惣助は少し意地悪な笑みを浮かべ乱暴にブレンダの処――その様子をのじゃぞよぞよ言いながら見つめている金髪ツインテールの少女。

(くっ……いいところに……！)

「どうかしたか？」

急に頬を引きつらせたブレンダに、惣助が怪訝な顔をする。

「なんでもないわ。ところで今回の調査、サラちゃんも一緒だったのかしら？」

「いや、俺一人」

惣助の言葉に少しホッとしつつ、

「それじゃあ、土曜の夜はサラちゃん一人で留守番だったということ？」

「いや、友達の家に泊まってもらった。前にイジメで内容証明送ってもらった永縄友奈って子がいただろ？　その子とサラ、仲いいんだ」

「でも、徹夜仕事のたびに他の家に預けるわけにもいかないでしょう？」

「まあ、そうだな」

頷く惣助に、ブレンダはさりげない風を装い、

「だから家にいて子供の面倒をみてくれる人が必要じゃないかしら」

「家政婦さんを頼むとか？」

「そ、それも一つの手ではあるけれど。たとえば……結婚するとか」

　すると惣助は苦笑し、

「たしかに母親もいたほうがサラのために良いんだろうけどな……結婚する相手がいないいんじゃどうしようもないだろ」

「探せば相手は意外とすぐに見つかるかもしれないわよ？」

「探すって、結婚相談所とかマッチングアプリとか？」

「そ、それも一つの手ね」

「無理無理。自分で言うのもアレだが子持ちの貧乏探偵と結婚したい女なんて百億パーセントいませんよ」

「わからないわよ？　経済的に余裕があって子供の面倒もみられる優良物件がもしかすると転がっているかもしれないわ」

「はは、だったら楽なんだけどな」

　ブレンダの言葉を完全に冗談と受け止めたようで、惣助は鼻で笑い、

「まあ当分はサラと二人でなんとかやっていきますよ。あいつしっかりしてるんで、留守番くらい全然平気ですし」

「そ、そう……」

そこでブレンダは引き出しから封筒を取り出し、

「とりあえず、これが今回の報酬よ」

「ああ、どうも。……ん？」

封筒を受け取った惣助が怪訝な顔をして封筒の中を確認する。

「……ちょっと多すぎないか？」

ブレンダが渡した金額は事前に伝えた報酬の三倍で、静岡までの交通費といった諸経費を加味してもずっと多い。

「いつもお世話になっている惣助クンへのお礼を兼ねて特別ボーナスよ」

「だとしてもこれは多すぎ……」

「いいから取っておきなさい。弁護士のワタシからすればこれくらいの金額、なんてことないのだから」

得意げに言ったブレンダに惣助は少し顔をしかめ、

「……もしかして気を遣ってくれてるのか？　だったら余計なお世話だ。今はそんなに金に困ってないからな」

「嘘ね。そんなわけないいじゃない」

笑うブレンダに、惣助はばつが悪そうに、

「いや、ほんとに……。サラが競馬で勝ちまくってくれて……ぶっちゃけ今月の稼ぎ、俺よりサラのほうが多い」

「アナタ、子供に競馬をやらせてるの!?」

聞き咎めるブレンダに惣助は慌てた様子で、

「も、もちろん馬券は俺が代わりに買ってるよ」

「だとしても子供のうちからギャンブルなんて」

「教育に良くないかなとは俺も思ってるんだが、勝ち続けてるのに無理に止めさせるのも違うかなって……。調子に乗って金遣いが荒くなってるわけでもないし。なんつーか基本的には堅実な賭け方なのに、勝負所の見極めが抜群に上手いんだよなーサラのやつ」

困った顔をしつつもどこか娘の優秀さを自慢しているかのような惣助の言葉に、ブレンダはイラッとして、

「と、とにかくそのお金は素直に受け取っておきなさい。ワタシは弁護士でお金持ちだから！貧乏探偵のアナタとは違うのだから！」

すると惣助は不快そうに鼻を鳴らし、

「そこまで言うならもらっとくけど。……あんまり金持ちアピールが過ぎると下品ですよ」

「げ、げひ……！」

ショックを受けるブレンダに、惣助は「それじゃ、俺はこれで失礼します」と軽く頭を下げ

て部屋を出て行った。

その後、

「……いくらなんでもアピールが下手すぎませんか？」

硬直して動けないでいたブレンダに、盾山が淡々と言った。

「やめてなにも聞きたくないわ」

死んだ目で言うブレンダ。

「下品って言われた……。もしかして嫌われちゃったかしら……」

「少々気分を害されたようですが、この程度で嫌うほど鏑矢様は狭量ではないでしょう。下品とストレートに言ったのも、むしろお嬢様のためを思ってのことかと」

「そ、そうよね」

そこで盾山は嘆息し、

「とはいえ鏑矢様がお金に困ってないというのは予想外でしたね。これではお嬢様唯一の強みが生かせません」

ブレンダは肩を落とし、

「やっぱり人間的魅力で勝負するしか……」

「あるのですか？　魅力」

「こ、これから磨くのよ！」

　強い口調で言って、ブレンダは惣助の持って来た証拠に目をやる。

「お喋りはここまで。すぐに会田さんと連絡をとってもらえるかしら。この不倫夫を地獄に叩き落とす準備を始めるわよ、くふふ……」

　幸せそうな顔で不倫相手とデートしている男の写真を見つめながらサディスティックな笑みを浮かべるブレンダに、盾山は「駄目だこいつ」という表情を浮かべるのだった。

12月21日　15時23分

　その翌日。

　大手探偵事務所に所属する探偵、閨春花が報告書を持って愛崎弁護士事務所を訪れた。

　閨が今回ブレンダに依頼されたのは、いつもと同じ特殊な調査――男性をハニートラップに引っかけること。

　対象は石附真也、五十一歳、銀行員。典型的な仕事人間で夫婦仲は冷え切っており、息子と娘はともに成人済みで家を出ている。

　閨にとっては一週間とかからないターゲットだと思われたが、ホテルに行くまでになんと二十日近くもかかってしまった。

対象が予想以上の堅物だったから……ではなく、閨が何度かミスを繰り返して、対象に警戒心を抱かれてしまったのが原因である。

「春花ちゃんにしては少し時間がかかったわね」

報告書を読みながらブレンダが言った。

「ええ、まあ……わたしが好みのタイプじゃなかったみたいです」

閨がそう言って誤魔化すと、

「たしかに五十代のオジサンだものね。春花ちゃんだと若すぎたのかも」

ブレンダは勝手に納得し、

「でも、相手の好みから外れていても最終的に成功させているのは流石だわ」

「あは、どうも……」

褒めるブレンダに、愛想笑いを浮かべる閨。

閨の調子が悪かったのは、一ヶ月ほど前、サラが惣助の実子だと聞かされたのが原因だ。

本当かどうかは非常に疑わしく、正直今でも信じていないのだが、惣助の実父であり閨の事務所の所長でもある草薙勲はそれを受け容れており、現実にサラは惣助の娘として戸籍を手に入れてしまっている。

惣助にアプローチを続けていた閨としては完全に想定外の出来事で、仕事に身が入らなかったのだ。

これまで惣助に全然相手にされていなかった自分にとって、状況の変化はむしろチャンスなのではと思いつつも、もしも惣助の攻略に成功してしまった場合、必然的に閨がサラの母親になることになる。

惣助の恋人にはなりたいが、いきなり小学生の母親になる覚悟はなく、閨は二の足を踏んでいるのだった。

「ねえ、どうしたらアナタのようにモテるのか、聞いてもいいかしら？」

少し恥ずかしそうなブレンダの言葉に、閨は意表を突かれた。

「……愛崎先生、モテたいんですか？」

閨が訊ねると、ブレンダは少し頬を赤らめ、

「……実は気になっている人がいるのよ」

「へえー」

閨は思わず目を丸くした。

どんな手段を使ってでも離婚を成立させる弁護士愛崎ブレンダと、ハニートラップの達人である閨春花は、数年にわたり商売相手として良好な関係を続けてきたが、プライベートなことを話したことはほとんどなかったのだ。

「それじゃあ、漠然とモテたいんじゃなくて、その人をピンポイントで落としたいってことですね？」

「どんな人なのか詳しく教えてもらってもいいですか？」

ハニートラップにおいても普通の恋愛においても、ターゲットの情報こそが成功の鍵となるのだ。

「どんな……ええと……普通の人、かしら。割とどこにでもいるような……」

あまり参考にならない答えが返ってきた。

「年齢は？」

「三十歳前後」

「趣味や好きな食べ物は？」

「知らないわ」

「好みのタイプは？　芸能人とか」

「新垣結衣」

「ガッキーが好きじゃない日本人男性は存在しないので残念ながら参考になりませんね……」

「そうなのよ」

相手がロリコンだったら話は早いのだが。

「ちなみに独身ですか？」

「そうなるのかしら」

頷くブレンダに、

「も、もちろんよ」

「お仕事は？」

「ふ、普通のサラリーマンかしら」

何故か少し目を泳がせながらブレンダは答えた。

話を聞く限り、何から何まで普通すぎて逆につかみどころがない印象だ。

「うーん……そんな普通の人を落とすなら、普通にアプローチをかけるのが一番じゃないでしょうか」

「普通のアプローチ、というと？」

「現時点で、先生とその人はどれくらい親しいんですか？　それによります」

閨の問いに、ブレンダは少し考え、

「付き合いはそれなりに長いわ。お互いの家に行くこともあるし」

「へー、じゃあもうかなり親しいんですね」

親しいが、相手のほうはあくまでブレンダのことを友人としか見ていない……そんなところだろうか。

「だったら先生のことを異性として意識させればいいんじゃないでしょうか」

「どうやって？」

「わたしがよく使うのは……ボディタッチですね」

「ボディタッチ？」

「えっと……」

閨は椅子に座っているブレンダの隣に行き、しゃがみ込む。

「お店とかで隣に座って、さりげなく触るんです。あんまりわざとらしいとキャバクラみたいに思われて逆に引いちゃう人もいるので、あくまで自然に、天然な感じを装って……はぁ……ちょっと酔っ払っちゃったかも……」

言いながら閨はブレンダのスカートの上から太ももを撫でる。するとブレンダの身体がびくっと震えた。

「な、なるほど……女のワタシでも少しドキッとしたわ……」

「コレがよく効く男の人って本当に多いんですよ。あと襟元を緩めてほんの少しだけ胸の谷間を見せるとさらに効――」

効果的、と言いかけてやめる閨。

残念ながらブレンダには、ほんの少しも胸の谷間はない。

「……お気遣いありがとう」

ブレンダが乾いた笑みを漏らした。

「だ、大丈夫ですよ胸なんてなくても！」

「……そうかしら。ワタシが春花ちゃんと同じことをやって、本当に効果があると思う？」

闇はアラサーの男性にボディタッチをするブレンダの姿を想像してみた。

……子供がじゃれついているだけか、良くてパパ活ＪＣか。

いずれにせよ相手がロリコンでもない限り、すんなり恋愛方面に進むのは難しそうだ。

「あはは……」

曖昧に笑って誤魔化す闇に、ブレンダは拗ねたように唇を尖らせる。

「じゃ、じゃあ手料理なんてどうでしょうか。古典的ですけど、料理を作ってもらって嬉しくない男性はあまりいないと思います」

「ワタシ、料理なんて全然作ったことがないのだけれど」

「そんなの、これから覚えればいいだけですよ」

闇の言葉にブレンダは「たしかにそうね……」と呟き、

「じゃあ、まずは何から覚えればいいのかしら？」

「その人って普段料理はするんですか？」

「一応自炊はするけれど、鍋とかインスタント麺ばかりみたいね」

「だったらこれまたベタに肉じゃがですかね」

「肉じゃが」

繰り返すブレンダに闇は頷き、

「はい。普段から料理をする人にとっては大して難しい料理じゃないのに、作らない人にとっては実像以上に手間がかかると思われがちで、嫌いな人はほとんどいないので作ってあげると高確率で喜ばれる、男性が過大評価してくれる手料理ナンバーワンです」

「なるほど。便利な料理なのね肉じゃがって。……盾山。アナタ、肉じゃがは作れる?」

ブレンダがいつものように彼女の傍に控えていた事務員の盾山に訊ねると、

「いえ、私も料理はさっぱりです」

「えっ、意外ですね。盾山さん、何でもできそうなのに」

閨がそう言うと、盾山は少し寂しそうな目をして、

「私の恋人は食事をしませんので……」

「……?」

よく意味がわからず首を傾げる閨に、ブレンダは淡々と、

「盾山の言うことは気にしなくていいわ。それより春花ちゃん、厚かましいお願いなのだけれど、よかったらワタシに肉じゃがの作り方を教えてもらえないかしら?」

「いいですよ。いつにしましょうか?」

閨は二つ返事で引き受ける。

ブレンダには普段から贔屓にしてもらっているし、女性から頼み事をされたのが単純に嬉しかった。

凄腕の別れさせ工作員である閨は、事務所の女性陣から距離を置かれており、休日は自分磨

きに使っていてプライベートの友達もほとんどいないのだ。

「じゃあさっそく今からはどうかしら？」

「今日の予定はこれで終わりなので、大丈夫ですよ」

ブレンダの言葉に闇は頷いた。

１２月２１日　１８時５４分

かくして闇とブレンダは一緒に肉じゃがを作ることになった。

ブレンダの事務所兼自宅には立派なアイランドキッチンがあるのだが、まったく使われておらず宝の持ち腐れとなっていた。

調理器具すらなかったので、まずはホームセンターで道具、ついでにエプロンを買い揃えることから始まり、スーパーで食材や調味料を購入し、いよいよ調理を開始する。

普段料理をしないどころか学生時代の調理実習でもほとんど見ているだけだったというブレンダの調理スキルは闇が思っていた以上に壊滅的で、包丁はおろかピーラーの使い方すら危ういレベルであった。

しかし、拙い手つきで恐る恐るジャガイモの皮を剝いているブレンダの姿はとても可愛くて庇護欲をかき立てられる。

惣助と結婚してサラが娘になったら、こんな感じなのだろうか。

(だったら意外と悪くないかも……？)

そんなことを思いながらブレンダに料理を教える閨。

かなり時間がかかったものの、どうにか無事に肉じゃがは完成する。

ジャガイモやニンジンの大きさがバラバラで形もいびつで、煮崩れしていたり味が染みていなかったりするものもあるが、及第点の味にはなっていた。

「うん、初めてでこれなら上出来ですよ」

閨が言うと、ブレンダはジャガイモを箸でつまんで凝視しながら、

「でも、まだまだ人様にお出しできるものではないわね……」

「頑張って作った感が伝わってきて、逆に喜ばれるかもしれないですよ？」

「そ、そうかしら……」

意中の人に食べてもらうところを想像したのか、ブレンダは少し頬を赤らめ、

「春花ちゃん、今日はありがとう。……今度また料理を教えてもらってもいいかしら？」

上目遣いで言ったブレンダに閨はキュンとしつつ、

「もちろんですよ。わたしももっと色んなレシピを覚えたいですし、一緒にスキルアップしていきましょう」

「ええ」

こうして、仕事上の良いパートナーだった別れさせ工作員と悪徳弁護士は、プライベートでも友達になったのだった。…………なってしまったのだった。

12月22日　11時45分

さらに翌日の昼前。

新しい仕事の依頼があるという名目で、ブレンダは惣助（そうすけ）を事務所に呼んだ。

惣助が一昨日のことを引きずっている様子はなかったので安堵（あんど）しつつ、ブレンダは特に必要でもない調査を惣助に依頼する。

「それじゃあ俺はこれで」

「ま、待って」

話が終わって立ち去ろうとした惣助を、ブレンダは呼び止め、

「そ、そろそろお昼よね。少し料理を作りすぎてしまって、もし良かったら少し持って行ってくれないかしら」

勇気を振り絞り、努めて平静な口ぶりでそう言うと、惣助は意外そうな顔で、

「へー、ブレンダさん料理するんだな」

「ま、まあ、たまにはね」

「そうだったのか。ちなみに何を作ったんだ？」

「肉じゃがよ」

　すると惣助は「あー……」と少しばつが悪そうに頬を引きつらせた。その反応を怪訝に思うブレンダ。

「どうかしたの？」

「悪いけど、今ちょうどうちも肉じゃが余ってて」

「えっ」

　ブレンダは驚き、

「惣助クンが作ったの？　それともサラちゃん？」

「いや、前にも話したサラの友達の友奈って子が、作りすぎたからって持って来てくれて」

「そ、そうなの……」

　ブレンダは気落ちしつつ、

「ちなみにその肉じゃがの味はどうなの？」

「めちゃくちゃ美味い」

　惣助は即答した。

「へえ……そ、そう」

「母子家庭でいつも夕食は友奈が作ってるらしくて。まだ中一なのに大した腕前ですよ」

「ふーん……」

他の女の手料理を賞賛する惣助に、ブレンダは顔を引きつらせる。

どうやらブレンダが惣助に手料理を振る舞える日は、まだ遠いようだった――。

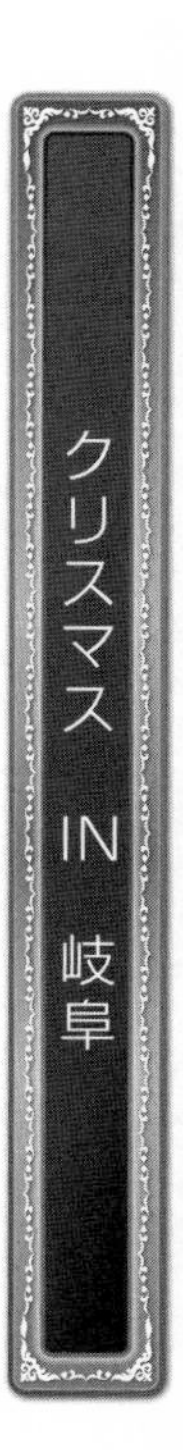

12月24日　20時13分

12月24日、クリスマスイブ。

「うぃ～……今日はさすがに食べ過ぎたのじゃ……」

パンパンに膨らんだお腹をさすりながら、サラは炬燵(こたつ)に入って仰向(あおむ)けに寝転がった。

「無茶しやがって……」

「これも覇王たる者の務めなのじゃ……」

苦笑する惣助に、サラは苦しそうに答える。

今日のサラのスケジュールは凄(すさ)まじかった。

沢良(さわら)小学校は明日から冬休みのため、今日は終業式で学校は午前中のみだったのだが、終業式のあと六年生全員でクリスマス会が行われた。

これは沢良小の毎年恒例のイベントなどではなく、学校行事に参加したことのないサラのために特別に企画されたもので、食料品店や飲食店を営んでいる児童たちの親からクリスマス料理が振る舞われた。

小学校に入学して十日と経たず、サラは六年生の児童全員と友達あるいは主従関係となり、六年二組イケメン四天王に続いて六年一組イケメン八部衆からも告白を受け、ますますその支配を盤石なものとしている。

六年生クリスマス会の後、今度は十四時から近所の小学生全員が集まる子供会クリスマスイベントに参加し、大量のお菓子を獲得。

続き、十六時よりクラスメートの安永弥生の家で、特にサラと親しい女子児童たちによるクリスマス会。弥生の家は農家なので、米を中心とした腹持ちのいい和風クリスマス料理で歓迎された。

さらに十八時から、事務所の下にあるカラオケ喫茶『らいてう』で惣助や友奈、戸籍上の祖父である草薙勲、マスターの吉良一滋、バイトの黄鈴麗、その他常連客たちと一緒にクリスマスパーティー。採算度外視の特製クリスマス料理を食べながら、カラオケやビンゴ大会を楽しんだ。

らいてうでのパーティーは二十時過ぎにお開きとなり、サラの今日の予定がようやく終わったというわけだ。

「覇王っつーか、献金集めに奔走する政治家みたいな一日だな」

「む……そう言われるとたしかに……」

惣助の言葉を、サラは呻くように肯定した。

「まあちょっと休んだら風呂入って今日はさっさと寝ろ」

「うみゅ……そうするのじゃ……」

それから三十分ほど炬燵で音楽を聴きながら休憩し、どうにか動けるようになったサラが風呂に入るべく起き上がったそのとき、事務所のチャイムが鳴った。

「お客さんか……？」

一緒に炬燵に入っていた惣助が起き上がり、玄関へと歩いていく。

「はーい」

惣助が扉を開けると、そこに立っていたのはサンタの格好をしたリヴィアだった。

厳密にはサンタクロースというか、足とお腹と胸元を大胆に露出させた、かなりエッチなミニスカサンタの格好で、手にはリボンで包装された箱を持っている。

「うおっ!?　なんて格好してんだよ！」

驚きドン引く惣助にリヴィアは、

「クリスマスに贈り物をするときはこういう格好をするものだと教わりましたので」

「完全に間違ってるってわけじゃないが……寒くないのか？」

十二月の岐阜の夜、現在の気温は２度である。

「寒いです。中に入れていただけませんか」

素直に頷くリヴィアを、惣助はとりあえず部屋に上げることにした。

(格好がアレすぎて誰かに見られたらデリヘルを呼んだと誤解されねえかな……)

まだ店にいるであろうマスターや鈴麗(リンリー)に見られていないことを祈る惣助(そうすけ)だった。

「そういや、贈り物って?」

「もちろん姫様にです」

リヴィアと共にリビングに入る。

「お久しぶりです、姫様!」

サラの姿を見て、リヴィアが感極まったように言った。

転売ヤーに加担したリヴィアにサラが激怒したのが先月上旬のことで、あれ以来サラとリヴィアが顔を合わせたことはなかった。

対するサラのほうは、

「なんじゃその格好は。まさかまたおかしな商売に手を染めておるのではあるまいな?」

再会を喜ぶ様子は特になく、リヴィアに胡乱(うろん)な眼差(まなざ)しを向ける。

「こ、これはサンタクロースという格好で、こちらの世界では十二月二十四日の夜にこのような格好をして贈り物をする風習があるらしいのです」

「うーむ、完全に間違ってはおらんのじゃが微妙にバグっておるのう……」

サラは呆(あき)れ顔で呟(つぶや)き、

「まあよい。で、プレゼントじゃと? 妾(わらわ)に?」

「はい！」

「ホームレスのそなたが？」

するとリヴィアはどこか得意げに、

「姫様、某はもうホームレスではありません」

「なんと。どこか働き口でも見つけたのかや？」

「はい。ワールズブランチヒルクランという会社の商品開発アドバイザーをやっております」

それを聞いた惣助は、

「ワールズなんとか……ってどっかで聞いたような気がするな。名前からしてなんとなくベンチャー企業っぽいが。つーか、よく雇ってもらえたな。商品開発アドバイザーって具体的に何やってるんだ？」

するとリヴィアは言いよどみ、

「ぐ、具体的にはその、商品開発のアドバイザーです」

「情報が一つも増えておらぬ……」

サラは嘆息し、

「なにはともあれ、そなたもこちらで居場所を見つけたのじゃな」

「はい！　いずれ必ず姫様が健やかに生きていける場所をこの世界に築いてみせます！」

「ん？　ああ、それはもうよい」

おるぞよ」

「も、もうよいとは？」

「妾、惣助の娘としてこっちの世界で戸籍をゲットしたのじゃ。今はこちらの学校にも通っておるぞよ」

「なんですと!?」

サラの言葉にリヴィアが目を見開き、

「惣助殿がサラ様の父上に？　つ、つまり惣助殿が皇帝陛下ということに……？」

「ならねえよ」「ならんわ」

惣助とサラが同時にツッコんだ。

それからサラは、穏やかな声でリヴィアに告げる。

「妾はこちらの世界で、草薙惣助の娘、草薙沙羅として新たな人生を既に歩み始めておる。オフィム帝国第七皇女サラ・ダ・オディンはもうおらぬ。よってリヴィアよ。そなたも妾の家臣としてではなく、こちらの世界で新たな人生を好きなように生きるがよい」

「そ、そんな……姫様……」

泣きそうな顔をするリヴィアに、

「そう悲しむことはあるまい。主従ではなくなっても、そなたがこの世界でただ一人の、異世界から来た妾の同胞ということに変わりはないのじゃ」

「姫様……たとえこの先なにが起きようとも、某は姫様を大切に想っております。それだけは忘れないでいただきたく……！」

サラは優しく微笑み、

「うむ。そなたのような忠臣がおったことは妾の誇りじゃ」

「ありがたきお言葉……！」

リヴィアの目から一筋の涙が流れる。

こうして、サラとリヴィアの主従関係は終わりを迎えたのだった。

「泣くでない。今生の別れでもあるまいに」

サラはからかうような笑みを浮かべ、

「ときにリヴィアよ。妾へのクリスマスプレゼントとは一体なんじゃ？」

「はっ、そうでした！　姫様、どうかこれをお受け取りください」

リヴィアはずっと持っていた箱をサラへと差し出す。

「ほむ？」

サラが箱を受け取り、リボンをほどいて蓋を開ける。

中に入っていたのは一体のドールだった。

高さは三十センチほど、銀髪で目は青と緑、胸が大きいスタイル抜群な美女のドール。顔の造形も等身もかなり現実寄りで、ドールというより小さなマネキンという印象が強い。服装は軍服で、箱の中にはそれ以外の服もいくつか入っているようだった。

そしてドールのモデルになっているのは明らかに――、

「……リヴィア、だよな。これ」

戸惑いながら惣助が言うと、リヴィアは頷き、

「はい！　姫様、どうかこの人形を某の代わりにお側に置かせてください」

「ええー……」

サラも困惑の色を浮かべながら、ドールをまじまじと観察する。

「むーん……リアルすぎて若干キモいが、クオリティはめちゃんこ高いのう……。こんなものどうやって手に入れたのじゃ？」

「某がお世話になっている会社の社長が自ら作ってくださいました」

「ほーん。そなたの会社、ドールメーカーなのかや？」

「いえ、そういうわけでは……」

「おおっ!?　しかも可動するではないか！」

ドールの手足が動かせることに気づき、サラが歓声を上げる。

「エクソシスト版スパイダーウォークからの……コマネチ！　からの、シェー！」

変なポーズをとらせたり手足を人体では不可能な方向に曲げたりして楽しそうに遊ぶサラの姿を見つめながら、リヴィアは微笑み、

「姫様。この人形は姫様があちらの世界で持っていた人形のように、服を着せ替えて遊ぶこと

もできますよ」

「ほむ、懐かしいのう」

サラは少し遠い目をして、ドールと一緒に箱に入っていた他の衣装を机に並べる。

ジャージ、Ｔシャツ、ビキニアーマー、ミニスカサンタ、ミニスカメイド服。

「うーむ、ラインナップが微妙じゃな……」

「他に欲しい服がございましたら、某が頼んで製作していただきましょう」

「なんと。至れり尽くせりじゃな。……とりあえず、試しにメイド服でも着せてみるとしようかの」

そう言ってサラはドールの着ていた軍服に指をかける。

軍服を脱がせると、やたらリアルな裸の胸が露わになった。乳首もバッチリついている。

「こ、これは……」

サラが頬を赤くする。

「え、エロいな……」

惣助が唖然として呟いた。

「細部まで忠実に再現していただきましたので」

誇らしげに言うリヴィアに、「なにもここまでせんでも……」とサラが顔をしかめる。

さらにズボンも脱がせると、ドールは一糸まとわぬ姿になった。

おっぱい同様に下半身まで極めて精巧に作られており、可動させるための球体関節も目立たないよう工夫されている。

「……これがリヴィアの……」

思わず唾を呑んでドールを見つめ、本物のリヴィアの裸を想像してしまう惣助。

胸の形、乳輪の形、尻の形、腰のくびれ、ホクロの位置……股間には陰毛まで生えている。

「うえー……やはりリアルすぎてちょっと引くわい……髪もまるで本物のような——」

急いで服を着せようとしたサラが、ふと手を止める。

「……の、のうリヴィアよ。もしやとは思うんじゃが……この髪の毛……」

「お気づきになられましたか！　本物の某の髪を使っております！」

「にゃにっ⁉」

ギョッとしてサラが顔を歪ませ、恐る恐るさらに訊ねる。

「……で、ではもしや……あの、その……この、こちらのお毛毛さんは……」

リヴィアはどこか誇らしげに、

「もちろん某のものです」

「気ッ色悪いわヴォゲェーッ‼」

悲鳴混じりに叫び、サラは持っていた全裸リヴィアドールをリヴィアに投げつけた。

「な、何をなさるのですか姫様⁉」

「何をなさるではないわこのくそたわけがァッ！　とんでもないモノを持ってきおって！　触っちゃったではないかアホーッ！」

慌てるリヴィアを、涙目になって詰るサラ。

エロすぎるドールをちょっといいなと思っていた惣助も、髪と陰毛が本物だと判明してさすがにドン引きする。

「うわあ……家に置いといたら呪われそうだなコレ……」

「し、失敬な！　なぜですか！」

惣助の言葉にリヴィアが反発するも、

「いいからさっさとその特級呪物を持って出て行くのじゃこのたわけ者が！」

「そ、そんな！　某は姫様に喜んでもらいたい一心で……」

「その結果がなにゆえこの十八禁確定のハイパーエグエグドールなのじゃ！　持って帰らんと言うなら妾がこの場で消し飛ばしてくれよう！」

「そ、それだけはお許しを！　この人形は某と望愛殿の努力の結晶なのです！」

「ふぎゅううう」

怒りの形相で野犬のように威嚇するサラに、リヴィアは「クッ……」と悲しげに呻き、

「わかりました……某はこれにて失礼いたします……」

力なくうなだれ、リヴィアは人形を持ってとぼとぼとリビングから出て行った。

「まったく……あのバカチンが……。そもそも妾、今はリアルの着せ替え人形よりメタバースとかアンリアルエンジンに興味津々(きょうみしんしん)なんじゃが」

リヴィアが事務所を去り、サラは台所で手を洗いながら深々と嘆息した。

惣助は苦笑し、

「ま、あいつもお前とは別の意味でぶっ飛んでるな……」

と、そこで惣助はハッと目を見開く。

「ああっ！　そうだ思い出した！」

「なにをじゃ？」

「ワールズブランチヒルクランってどっかで聞いたことあると思ったら、ちょっと前にうちに訪問販売に来た二人組の学生が名乗ってた団体の名前だ！　霊感商法の！」

惣助の言葉に、サラはこめかみを押さえ、

「……つまりリヴィアは今、カルト宗教団体のダミーサークルにおると？」

「つーか、商品開発とか言ってたよな……。その結果作られたのがあのエロ人形……？　アレ売るのか？　訪問販売で？」

正直、幸運を呼ぶ壺(つぼ)とかよりは売れるような気がしないでもないが、カルト宗教団体が訪問販売でエロ人形を売っている光景を想像するとシュールすぎる。

「何をやっとるんじゃあやつは……。妾ちょっと頭が痛くなってきたぞよ……。主従関係を解消したのは早まったかもしれぬ……」

「そうだな……。せめてこっちの世界の常識とかを徹底的に叩き込んでから放り出すべきだった気がするぞ……」

惣助とサラは、しばらくリヴィアのことで頭を悩ませる。

リヴィアが救世主として崇められているなど、二人には想像すらできなかった——。

1月5日　7時53分

年が明け、サラの冬休みも今日で最後となった。

惣助とサラは年末年始、一月二日に岐阜の総産土神(そううぶすなのかみ)を祀(まつ)る伊奈波(いなば)神社に初詣(はつもうで)に行ったのだが、それ以外はほぼずっと家でゴロゴロしていた。

惣助の父、勲(いさお)は親戚間で孤立しているらしく、離婚してからはお盆や正月に親戚の家に行くということもなかったので、これがいつもの惣助の年末年始である。

鏑矢(かぶらや)探偵事務所は一応ずっと開業中だったのだが新規の依頼もなく、来客といえば友奈(ゆな)が何度か遊びに来たのと、勲がサラにお年玉をあげるためにやってきたくらいだ。

年末年始は休みだった喫茶店『らいてう』が今日から営業開始だったので新年の挨拶(あいさつ)を兼ねてモーニングを食べ、惣助とサラは事務所へと戻ってきた。

「のう惣助」

炬燵(こたつ)に入り、サラが口を開いた。

「なんだ?」

「妾、冬休みの宿題があるのじゃが」

「手伝ってほしいのか？　小学生の宿題なんてお前なら一瞬だろ？」

「そら計算ドリルとかは一瞬で終わったんじゃが、一つだけ手こずっておる」

「マジで？」

本気で驚く惣助。サラが手こずるほど難しい宿題が公立小学校で出るとは思えなかった。

「どんな宿題なんだ？」

「作文、冬休みの思い出。原稿用紙三枚以内」

「……なるほど」

惣助は納得し、

「初詣の感想でも書けばいいんじゃないか？」

その提案にサラは顔をしかめ、

「疲れただけで全然楽しくなかったんじゃが」

「まあ、気持ちはわかる」

そもそも神社自体、子供には退屈だろうし、特に伊奈波神社は毎年非常に多くの初詣客で賑わう人気スポットである。たこ焼きなどの露店も並んでいたのだが、あまりに人が多すぎて食べ歩きも困難なので何も買わずに帰ってきてしまった。

「じゃあ友奈と遊んだこととかは。なんか一緒にアマプラで三国志の映画見て盛り上がってただろ」

「あれは悪口で盛り上がっておったのじゃ。それにあの映画に対する文句を書くには原稿用紙三枚では到底足らんわ」

「そんな駄目だったのか……。ならテレビで箱根駅伝見て感動しましたとか」

「妾的に何が面白いのかまったく理解できんものナンバーワンがマラソン」

「まあお前ウンチだからな。……じいさんにお年玉たくさんもらって嬉しかったとか」

「それだけで原稿用紙を埋める自信がないゆえ、草薙家の複雑な事情で話を膨らます必要があるんじゃが」

「やめろ。……有馬記念で勝ったことは？」

「書いていいんかや？」

「よくないな……子供に競馬やらせてるとか、俺が学校に呼び出されるかもしれん」

「むー」

サラはどこか恨めしげな視線を惣助に向ける。惣助は苦笑を浮かべ、

「言いたいことがあるなら素直に言ってくれ。その……親子なんだし」

少し照れながら惣助が言うと、サラも頬を赤らめ、

「……どっか連れてって」

と、小さな声でおねだりした。

「わかった。今日は臨時休業だ」

「まことか!?」

惣助は微笑み、

「で、どこへ行きたい？」

サラは満面の笑みを浮かべて即答する。

「ジュラシックパーク！」

「無茶言うな」

「かかっ、わかっておる冗談じゃ。ジュラシックパークがあるのは海外じゃからな。このあたりで恐竜が見られるのはどこなんじゃ？」

「……」

惣助はサラの顔をまじまじと見つめる。

「うん？」と小首を傾げるサラ。

いつものように冗談を言っているのではなく、どうも本気で期待に目を輝かせているように見えた。

「……なあサラ。お前、恐竜は大昔に絶滅したって知ってる？」

「当たり前じゃ」

サラは頷き、

「で、化石からＤＮＡを取り出して現代に甦らせたんじゃろ？」

「……それは映画の中の話だ。現代に恐竜は……どっかに生き残ってるのかもしれんが、少なくとも生きた恐竜が見られるような場所は地球のどこにもない」

「なん……じゃと……」

愕然としているサラに、

「いや、なんでそんな愉快な勘違いをしてたのかこっちが知りたいわ」

「じゃって、こっちの世界の科学技術ならＤＮＡから恐竜を生み出すことくらい当然できるものと思っておったのじゃ！」

そこでサラはハッとなり、

「で、ではもしや、人類がロケットで宇宙に飛び出したのもフィクションの中だけの話なのでは⁉　現実的に考えて人間が宇宙になど行けるわけないし！」

「いや、それは現実」

「……ではロケットは本当にあるんじゃな？」

「ああ」

「人工衛星も？」

「ある」

「ＩＳＳ国際宇宙ステーションも？」

「では前澤社長の宇宙お金配りはツイッターのフェイク動画ではなく、現実の出来事なんじゃゃな?」

「ああ」

「月面基地は?」

「まだないけど計画はされてるらしい」

「火星テラフォーミング計画は」

「研究はされてるんじゃねえかな」

「軌道エレベーター」

「それもたしか研究はされてる」

「スペースコロニー」

「研究中」

「ガンダム」

「実物大のガンダム像なら」

そこでサラはどこか悔しそうに唸り、

「ぐぬぬ……妾は……妾は現実とフィクションの区別がついておらぬ!」

両手を上げて背中を反らし、真剣な声でそう言った。

「ああ」

多分『マトリックス（現実と仮想現実の境界をテーマにした映画）』で銃弾を避けるポーズを真似（まね）しているつもりなのだろうが、身体（からだ）が硬すぎてちょっと大げさなバンザイくらいにしか見えない。

そんなサラに、惣助（そうすけ）は笑いそうになるのをこらえて淡々と、

「それを自己申告した小学生、歴史上でお前だけかもな」

インターネットや図書館を駆使してこの世界の知識を片っ端から吸収しているサラだが、独学なので体系的に学んでおらず、妙にマニアックな知識が豊富な一方で、こちらの世界の人間にとっては常識的すぎて誰もわざわざネットや本に書かないようなことが抜けていたりするのだった。

「まあジュラシックパークは諦（あきら）めてもらうとして、どこに行く？　動物園でゾウとかキリンとか見るか？」

「動物園のようなものはあっちにもあったし、ゾウもキリンも見たことあるのじゃ」

サラは心外そうに言った。

「じゃあ水族館は？」

「なかったのじゃ」

「なら今日は水族館に行くか」

「うむ！」

惣助(そうすけ)の提案に、サラは元気よく頷(うなず)いた。

1月5日　9時15分

惣助はサラを車の助手席に乗せ、岐阜県各務原(かかみがはら)市にある水族館『アクア・トトぎふ』へと出発した。惣助の家から目的地までは、車で三十分ほどである。

「楽しみじゃなー水族館！」

目を輝かせて言ったサラに、惣助は少し申し訳ない気持ちになる。

「そんなに楽しみか」

「うむ！」

「……言ってなかったけど俺、二週間くらい前にも水族館行ったんだよな」

「なんじゃと⁉　一人だけずるいぞよ！」

むくれるサラに、

「遊びで行ったわけじゃねえよ。こないだ不倫調査で静岡まで行ったとき、マルタイのデートコースに水族館も入ってたんだ」

仕事なので、もちろん自由に満喫するわけにはいかなかった……とはいえ。

薄暗く、ある程度順路が決まっており、人が多く、隠れる場所がいくらでもあり、そもそもみんな楽しむことに夢中で他の客のことなど気にしないため、水族館での尾行は非常に難易度が低く、尾行しながらでも楽しむ余裕が十分にあったのだ。

「ほむ……では水族館ではなく他の場所のほうがよかったのではないかや？　妾、こっちの世界の動物園も実はめっちゃ行きたいぞよ」

「余計な気を遣わなくていいし動物園とか遊園地にもそのうち連れてってやるよ。……それに今日行くのは、静岡のとは違うタイプの水族館だしな」

惣助の言葉にサラは少し不思議な顔をしつつ、

「であるか。では今日は水族館を存分に楽しむとするかの。惣助、妾はイルカショーが見たいぞよ！」

「……イルカショーはない」

「なんじゃと？」

聞き返してきたサラに、惣助は淡々と、

「今から行く水族館に、イルカはいない」

「なんと……水族館といえばイルカショーじゃと思っておったのじゃが……そんな水族館もあるんかや……」

サラはがっかりした表情を浮かべるも、すぐに気を取り直し、

「まあ、他にも見たい魚はたくさんおるからの！　サメとか！」

「サメもいない」

「なんじゃと!?　な、ならばシャチは!?」

「いない」

「エイは！」

「いない」

「マグロ！」

「いない」

「チンアナゴ！」

「いない」

「クラゲ！」

「いない」

「ペンギンさん！」

「いない」

「ウミガメ！」

「いない」

「イクラ！」

「寿司屋かよ」

「ハマチ！　イナダ！　ワラサ！　メジロ！　ツバス！　ワカナゴ！　モジャコ！」

「全部ブリじゃねえか。ちなみにブリもいない」

「シーラカンス！」

「それはどの水族館にもいない」

「ディープワン！」

「いたら怖いわ」

「あ、あれもおらんこれもおらん……！　じゃったらなんならおるんじゃーい!!」

ついにキレて荒ぶり始めたサラに、

「まあ落ち着け。……アクア・トトは淡水魚専門の水族館なんだ」

「淡水魚、じゃと」

「ああ。メインは長良川(ながらがわ)の源流から河口までを模したエリアで、長良川に棲(す)む魚や爬虫類(はちゅうるい)や鳥なんかもいる」

「川魚なんぞ、フナとか鯉(こい)とかナマズじゃろ……。そんなんわざわざ見に行くものではない……食べるものじゃ」

露骨(ろこつ)にテンションを落とすサラに惣助(そうすけ)は苦笑し、

「あとワニもいるぞ」

「ワニ!?　こっちの世界の長良川ワニおるの!?　やばない!?」

ギョッとして目を丸くするサラに、惣助は悪戯っぽい口調で、

「他にもピラルクとかアロワナみたいな超デカいやつもいるし、デンキウナギとかデンキナマズとか、あとピラニアもいたっけな」

「こっちの長良川はどうなっとるんじゃ!?　生態系が壊滅しとるがや！　ちゅうか岐阜県民、デンキウナギやピラニアがおる川で遊んどるのか……完全に狂気の沙汰……」

戦慄の表情を浮かべるサラ。そこで惣助は笑いながら、

「まあ、そいつらは別に長良川に棲んでる生物じゃないけどな」

「なぬ?」

「展示は長良川エリアだけじゃない。アマゾン川やアフリカや東南アジアのエリアもある。アクア・トトぎふは世界最大級の淡水魚水族館なんだ」

「な、なるほど……そうであったか」

「ちょっとは楽しみになってきたか?」

からかうように言った惣助を、サラは頬を赤らめて睨みながら「ちょっとは」と呟いた。

1月5日　13時8分

それから数時間。

アクア・トトぎふで各種展示やアシカショーを楽しみ、館内レストランで昼食をとりショップで買い物をして、惣助とサラは家路についた。

「サカナサカナサカナ～♪」

車内にて、ショップで購入したオオサンショウウオのぬいぐるみを抱きしめながら、サラは上機嫌で『おさかな天国』を歌う。どうやらすっかり満足してくれたらしい。

「水族館に行ったあとに『魚を食べよう！』って内容の歌はどうなんだ」

惣助がツッコむとサラは笑って、

「これもまた魚への愛じゃよ。観て良し食べて良し。魚は偉大じゃのう」

そう言われると、惣助もなんだか魚が食べたくなってきた。

「たしかに……。じゃあ今日の夕飯は寿司にするか」

「まことか！」

喜ぶサラに惣助は苦笑を漏らし、

「スーパーのパック寿司だけどな」

「えー。たまにはお寿司屋さんに行きたいんじゃが」

「生意気言ってんじゃねえよ。寿司の味なんてわかんねえだろ」

「言っておくが妾、生魚に関しては間違いなくそなたよりグルメじゃぞ？」

「なに言ってんだか。そもそも異世界に生魚を食う文化なんてあったのか？」

　鼻で笑った惣助に、サラは半眼になり、

「そなた異世界を舐めすぎじゃろ。水族館を管理する技術はなくても、あっちでは魔術で魚を冷凍保存できたからの。内陸でも古くから生魚が食されておったのじゃ。たしかこっちじゃと、冷蔵技術が普及するまではすぐに悪くなると言ってトロを捨てておったんじゃろ？　ヒャー勿体ない勿体ない」

「う……」

　サラは得意げな顔をして、

「ふひひ。米や牛と違って、魚の品種改良はまだまだ未発達らしいからの。歴史が長いぶんあっちにアドバンテージがあるというわけじゃ」

「そういやお前、半額の飛騨牛にはあんだけ感動してたくせに、中トロの刺身には微妙な顔してたな……」

　惣助は思い出して言った。

「魚は鮮度が命じゃからな。賞味期限寸前の半額の中トロはさすがに妾の高貴な舌にはちょっと。逆に牛肉のほうは、チェーン店の牛丼すらあっちとはレベチ」

「そこまで違うもんなのか」

「うむ。品種改良は何世代もかけて行われるものじゃから、あっちの牛肉とこっちの牛肉では数百年レベルの差があるじゃろうな。牛肉に限った話でもないが」

「お前の世界では品種改良ってなかったのか?」

「経験則から無自覚に行われてはおったんじゃろうが、あっちでは品種改良……というか遺伝に関する知識がガチ禁忌じゃったからのう」

「禁忌?」

惣助が聞き返すと、

「うむ。あっちの世界でも、違う品種同士を混ぜて植えると何故か普通より美味い米ができる、みたいなことに気づいた者は大勢おったんじゃろうが、その法則を研究したり本にして発表しようものなら即首チョンパ。これはオフィム帝国に限ったことではなく、あっちの世界全体がそんな感じじゃった」

「物騒だな……なんでそこまで」

「魔術の才能が遺伝することを権力者サイドが知っておったからじゃよ。武力イコール魔術の社会において、民衆に体制側と同等の武力を持たせるわけにはいかんので、それに繋がりそうな芽を徹底的に摘んでおったのじゃ。もちろんオグリキャップのように平凡な血筋から急に天才的な魔術使いが生まれることもたまにあるわけじゃが、そういう者は軍に好待遇で迎えたり一代限りの名誉貴族に叙したりして全力で体制側に取り込む。こうして武力最強の皇帝一族を頂点とする社会が維持されておったのじゃ」

「なんつーか、すげえ世界だな」

つらつらと説明され、惣助はため息をつく。パラレルワールドとはいえ、やはりサラのいた世界は立派なファンタジーだ。

「ま、魔術の格差ありきの支配体制じゃから、それを覆す新技術が発明されると為す術もなく滅ぼされてしまったわけじゃが」

そう言って、サラは少し寂しげに笑った。そんなサラの横顔を見て惣助は、

「……夕飯、寿司屋に行くか。回転寿司だけど」

「回転寿司とはなんぞ」

サラが首を傾げる。

「あれ、回転寿司知らなかったのか。回るんだよ寿司が」

「情報が増えておらぬ……。寿司が回る……？　どゆこと？　なんのために？」

上手く想像できなかったようで頭をひねるサラに、惣助は笑い、

「まあ見りゃわかる。せっかくだから、実際に店に行くまでネットで調べるの禁止な」

「ほむ。では楽しみにしておくことにしようかの」


……その夜。

初めて回転寿司に行ったサラは、そのエンタメ性の高さに大喜びしながら寿司を手に取り。しかし味はスーパーのパック寿司と大差なかったようで、結局唐揚げやフライドポテトやプリンなどをメインに食べたのだった。

伝説の始まり

1月24日　14時18分

皆神望愛(みなかみのあ)のマンションのリビングにて、リヴィアはソファに座りエレキギターをヘッドフォンに繋(つな)いで練習をしていた。

サラに主従関係の終わりを告げられ、ついでにプレゼントの着せ替え人形に激怒されてから一ヶ月。

あの日マンションに戻ってきたリヴィアは、望愛に「某(それがし)にはもうバンドしかありません！」と宣言し、曲の完成を急いでほしいと頼んだ。

この世界にサラの居場所を作るという目的が消えた今、自分の人生にはもうバンドと、あとは競馬と競輪と美味(おい)しいものを食べることくらいしかないのだ。パチンコは一万円負けたらその日はすっぱり諦(あきら)めて帰ると誓った。

リヴィアの願いを受けた望愛は、ドールの制作が完了したこともあり今後は曲作りを最優先とすることに決め、クオリティの高い曲を次々に生み出していった。

こうしてリヴィアのバンド活動がいよいよ本格的に始まった――わけではなく。

「普通すぎるので尖らせてほしいと言ったのは明日美さんではありませんか！」

「だからー！　尖らせすぎて気持ち悪くなってるんすよ！　なんでこう電波なのとフツーすぎるのとで極端なんすか望愛さんの歌詞は！」

「明日美さんの歌詞のほうが意味不明ではありませんか。間違った英語と意味不明な造語の羅列が非常にイラっとします」

「こ、こーゆーのが若者的には可愛いんすよ！」

「いつまでも女子高生気分でいないで、少しは教養を身につけてください。先日十九歳になったのでしょう」

（困ったものですね……）

ヘッドフォン越しに聞こえてくる言い争いの声に、リヴィアはため息をつく。

弓指明日美と皆神望愛――リヴィア以外のメンバー二人の意見が合わない。これがリヴィアの目下の悩みだった。

二人は現在もリビングで、リヴィアの目の前で喧嘩中である。

「大体、なんでどの曲の歌詞にもリヴィアちゃんが名指しで出てくるんすか⁉」

「リヴィア様を讃える曲なのですから当たり前でしょう？」

明日美の問いに、まるで自明の摂理を語るかのように望愛が答えた。

「望愛さんがリヴィアちゃん大好きなのはわかったっすから、せめて名前のところを『あなた』とか『キミ』とかにできないんすか!?」

　すると望愛は頬を赤らめ、

「す、好きだなんてそんな……！　わたくしはリヴィア様を崇拝しているのです！」

「そーゆーのいいっすから！」

　明日美と望愛が揉めているのは、歌詞についてである。

　激しいロックナンバーだろうがしとやかなバラードだろうがとにかく救世主リヴィアという存在を全面的に出したがる望愛に対し、もっと普遍的で大勢の聴き手の心に響くような歌詞を求める明日美。

　プロを目指すのならば明日美の方針が恐らく正しいのだが、残念ながら明日美自身にはそういう歌詞を作る能力がなかった。

「だからー！　そんなんじゃリヴィアちゃんの信者にしか刺さらないんすよ！」

「でしたら何の問題もありません。いずれ全人類がリヴィア様の信者になるのですから」

「このキ●ガ●リヴィアちゃん信者！　こんなんじゃメジャーデビューできないっすよ！」

「このバンドはリヴィア様を布教するための存在です。そのドグマを曲げてメジャーデビューしても意味がありません」

「ええ!?　いつの間にそうなったんすか!?」

　驚く明日美に望愛は堂々と、

「最初からです。『救世グラスホッパー』という名前もそれを表しています」

「聞いてないっすよそんなの！　自分はそんなわけわかんない活動じゃなくて、音楽で人をハッピーにしたいんすよ！」

「それならご安心ください。リヴィア様の存在を世に知らしめることが人類を幸せに導くのですから」

ちなみに『救世グラスホッパー』というバンド名は望愛が考えたものだ。

最初は『救世主リヴィア様とその使徒たち』という案が出されたのだがリヴィアが全力で拒否し、再考されたのがこれだった。明日美はバンド名にはこだわりがないらしく、あっさりこの名前に決まった。

メジャーデビューしてプロのミュージシャンになりたい明日美と、リヴィア至上主義でメジャーデビューとかプロとかどうでもいい望愛。

根本的に動機が異なる二人の意見が嚙み合うわけもなく、議論はひたすら平行線を辿っている。

救世グラスホッパーは、活動開始前から音楽性の違いで解散の危機にあった。

「リヴィアちゃん！」

「は、はい!?」

急に明日美に名前を呼ばれ、リヴィアがギターを弾く手を止めヘッドフォンを外す。

「な、なんでしょうか？」

「リヴィアちゃんからも望愛さんを説得してほしいっす！」

「あー、まあ、はい」

リヴィアは曖昧に頷き、望愛に向き直る。

「望愛殿、某は明日美殿の力になってさしあげたいのです。どうかここは幅広く大衆受けするようなフワっとしたいい感じの歌詞を書いていただけないでしょうか」

「わかりました、リヴィア様がそう仰るのでしたら」

あっさりと同意した望愛に、リヴィアは安堵するも、

「いやー、フワッとしすぎなのも駄目なんすよねー」

難色を示す明日美。

「リヴィアちゃんキ●●イ要素を消してもらった望愛さんの詞って、ぶっちゃけフワッとしすぎてて全然フックがないんすよね」

「そうなのですか？」

すると望愛は申し訳なさそうに、

「恥ずかしながら、凡庸な詞だという自覚はあります……」

「ですが望愛殿は、大勢の人の心を掴む物語を作れるではありませんか。それを歌詞に生かせばきっと！」

励ますリヴィアに望愛は首を振り、

「クランの映像作品のことでしたら、あれがクラメンの皆さんに支持されているのはサブリミナル効果のおかげで、内容はどうでもいいのです」

「そんな……」

クランのホームで望愛が作った3Dアニメを観たときは、大画面で映像作品を観るという体験が初めてだったこともあり、本気で面白いと思ったのだが。

「そうだ、試しにリヴィアちゃんも作ってみないっすか？　歌詞」

「それはいい考えかもしれません。リヴィア様ご自身の言葉でリヴィア様の教えを世に広めていただくのですね」

明日美と望愛の言葉に、リヴィアは慌てて首を振る。

「ぜ、絶対にお断りします！」

元の世界で貴族の子女たちが集まる歌会に参加したことがあるのだが、あまりに不出来な歌を連発してしまい大恥をかいた。

あれ以来、リヴィアは二度と自分で創作はすまいと決めている。

「万人受けする詞が書けないのであれば、望愛殿の得意なものを書いていただくしかないのではないでしょうか……？」

「ですよね！」

リヴィアの言葉に、望愛が目を輝かせる。

「だーかーらー！　そっちはそっちで尖りすぎなんすよ！　なんで望愛さんには中間がないんすか！」

「しかし明日美殿。半端なものを出すよりは、いっそ突き抜けてしまったほうが意外と上手くいく可能性も」

「そのとおりですリヴィア様！」と望愛。

「リヴィアちゃんはどっちの味方なんすか！」と明日美。

「ど、どっちと言われましても……」

明日美の力になりたいが、忙しいところ無理にバンドに参加してもらった望愛の気持ちも尊重したい。

「リヴィア様？」

「リヴィアちゃん！」

（うう……！）

二人に見つめられ、リヴィアは冷や汗を浮かべ、

「そ、某は外で練習してまいります！」

ギターをケースに入れて、リヴィアは部屋から逃げ出したのだった。

1月24日　13時53分

救世グラスホッパーの三人が揉めているころ、鏑矢探偵事務所では、惣助が一人で本を読んでいた。

一週間ほど前に発売されたばかりの小説で、タイトルは『ホームレス女騎士』。

作者の名は鈴切章。

十年ほど前に大ヒットした『僕たちは失敗しました（通称〝ぼくしつ〟）』という小説の作者なのだが、シリーズ完結後に突如として失踪し、当時は大きな騒ぎになった。

学生時代の惣助も『ぼくしつ』の読者だったので、そのニュースを知ったときはショックだったことを憶えている。

そんな彼がいきなり復活して発表したのがこの『ホームレス女騎士』で、発売前からかなり話題となり、実際に読んだ人からの評価も高く、既に大ヒットの兆しを見せている。

異世界から来た銀髪の女騎士レフィアが、ホームレスに身を窶しながらもたくましく生きていく……という、どこかで聞いたようなあらすじに思わず苦笑してしまったものの、内容は長いブランクがあるとは思えないほど面白い。

キャラの魅力もストーリー展開や文章の巧さもすべてが『ぼくしつ』を上回っており、一気に引き込まれる。

本の紹介文に書かれていた情報によれば、鈴切章は失踪中、なんとホームレスをしていたらしい。

それが本当かどうかはわからないが、たしかにホームレス生活の描写には非常にリアリティがあり、リヴィアもこんな生活を送っていたのかなと思うと、少し可哀想になってくる。

夢中になって読み進めていると、不意にチャイムの音が響いて惣助を現実へと引き戻した。

（っと、誰だ……？）

今日、この時間に来客の予定はない。

訪問販売か何かだろうかと思いながら惣助が事務所のドアを開けると、立っていたのは精悍な顔つきの男だった。

年齢は三十代後半くらい。長身痩軀で、清潔感のある身なりをしている。持ち物は小さめのビジネスバッグのみ。

訪問販売ではないようだが、普通のサラリーマンにも見えず、探偵の観察眼でも彼の職業は絞り込めなかった。

「当探偵事務所にご用でしょうか？」

惣助が訊ねると、男は「はい」と頷いた。

「どうぞ中へ」

惣助が促し、男を事務所のソファに座らせ、惣助もその対面に腰掛けた。

事務所に入った男は、まるで何かを探しているように視線をあちこちに彷徨わせる。

その様子に怪しいものを感じながら、

「探偵の鏑矢です」

惣助が名刺を差し出すと、男は、

「鈴切と申します。すみませんが名刺は持ってなくて」

「いえ、大丈夫ですよ」

(うん？　鈴切……？)

男の言葉に引っかかりを覚える惣助。

鈴木だったらよくある名字だが、鈴切というのは珍しい。そして惣助がまさに読んでいる最中の小説の作者の名前が――

「それで、どういったご依頼でしょうか？」

脳裏に浮かんだ安易な推理を保留しつつ、まずは訊ねる惣助に、

「あ、いや、依頼というわけではなく……リヴィアさんという女性がこちらの事務所で働いていると思うんですが、お留守でしょうか？」

意外な言葉に、惣助は驚く。

「リヴィア？　リヴィアのお知り合い、なんですか？」

「はい」

「……失礼ですが、どういうご関係かお訊ねしても？」

いつの間にか転売ヤーやらカルト宗教とも関わっていたリヴィアのことだ。この男も何か良くない繋がりの可能性がある。

警戒を隠さない惣助に、男は苦笑いを浮かべ、「実は――」と事情を説明し始めた。

その話を聞いて惣助は仰天する。

男の名は鈴切章、職業は小説家。惣助の推理は的中していたのだ。

鈴切章というのは本名で、既に失効しているが運転免許証を確認したので恐らく嘘ではないだろう。

彼が失踪中ホームレスをしていたというのも本当のことで、しかも住んでいたのはここ岐阜市の橋の下らしい。

珍しい名字でありながら本名で活動していたため、作家として成功を収めた彼に、誹謗中傷や金の無心が相次ぎ、嫌気がさして失踪したという。

それから何年もの間、ホームレスとして岐阜で生きていたが、数ヶ月前に偶然、まるで異世界からやってきた女騎士のような、美しくもおかしな女性ホームレスと出逢った。それがリヴィアだ。

リヴィアのたくましい生き様に感銘を受けた鈴切は、彼女が捜していた人物と無事に再会し鏑矢(かぶらや)探偵事務所で働くことになったことを聞くと、東京に戻ってリヴィアをモデルにした小説を書き始めたのだという。

「先日どうにか本が出版されて、幸い評判も良いようです。私がこうして立ち直れたのはリヴィアさんのおかげです。今日はそのお礼を言うために、こちらにうかがいました」

「そ、そうなんですか。へえ……」

惣助(そうすけ)の頰を冷や汗が伝う。

「それで、リヴィアさんは今どちらに?」

鈴切(すずきり)に問われ、

「か、彼女はその…………クビになりました」

「え?」

「……クビになりました……というか、私が解雇しました……」

惣助が顔を引きつらせながら言うと、鈴切は鋭い目を細めてじっと惣助を見つめた。

好きな作家にそんな目を向けられ、惣助は気まずさのあまり逃げ出したくなる。

「し、仕方なかったんです！　目立ちすぎて探偵に向いてないし記憶力も悪いし事務仕事もできないし！　うちみたいな貧乏事務所にあいつを雇っておく余裕はなかったんです！」

「…………」

惣助の言い訳を無言で聞いていた鈴切は、やがて苦笑を漏(も)らした。

「まあ、その激動っぷりは彼女らしいっちゃらしいですね……」

「で、ですよねー」

「……それで、ここをクビになったあと彼女はどうしたんですか？」

「ええと、一度はまたホームレスに戻ったみたいなんですが………今はワールズブランチヒルクランとかいうカルト宗教団体で、商品開発の仕事をしてるみたいです」

惣助の言葉に、鈴切は無言で顔をしかめ、ゆっくりと首をひねりながら、

「……なんでそんなことに？」

「……俺にもさっぱりわかりません」

惣助も同じように首をひねりながら正直にそう答えるしかなかった。

1月24日　14時48分

（さて、どうしたもんかな……）

リヴィアの現在の居所を知った鈴切は悩んでいた。

ワールズブランチヒルクランという名前は、ホームレス時代から知っていた。

たまに公園で炊き出しを行っている若者中心のボランティアグループで、当時からなんとな

く胡散臭いとは思っていたのだが、探偵の話によると正体はカルトだったらしい。

スマホで検索すると、垢抜けたデザインのホームページが出てきた。

クランのメンバーたちが笑顔でボランティア活動や農業やキャンプをしている写真が載っており、一見怪しい団体には見えないのだが、クランのマスター、皆神望愛についての紹介に「チベットの奥地で生まれ育ち、神秘の力に目覚めた」などと書かれていて一気に胡散臭くなっている。

（クランの拠点の住所も普通に書いてあるんだな……）

行こうと思えばすぐにでもタクシーで行けてしまう。

セクキャバのときのようにリヴィアが騙されて怪しい仕事をやらされているのなら助け出してやりたいが、相手がカルトとなるとそう簡単にはいかないだろう。

警察に頼ったほうがいいのかもしれないが、その場合リヴィアも捕まってしまう可能性がある。

そんなことを考えながら、少し前まで毎日のように空き缶や粗大ゴミを拾いながら歩いた岐阜の街をぶらついていると、鈴切の足は自然と、かつてリヴィアと共に寝泊まりしていた橋の下へと向かっていた。

（うん……？）

橋に近づくと、微かにエレキギターの音が鈴切の耳に入ってきた。

誰かがギターの練習をしているのだろう。アンプを通していないので音色自体は貧相だが、演奏技術はかなりのものだ。

練習の邪魔をしてしまったら悪いなと思いつつ、どんな人間が弾いているのか気になって鈴切は階段から橋の下へと降りる。

そこにいたのは銀髪の美女——リヴィアだった。

身体を大きく揺らし髪を振り乱しながら一心不乱にギターを弾くその姿は、プロのギタリストをも凌ぐほど堂に入っており、鈴切は彼女の背後にジミ・ヘンドリックスの幻影が見えた気がした。

鈴切がリヴィアに近づこうと一歩踏み出す。するとリヴィアはギターを弾く手を止め、バッとこちらを振り向いた。

「何者です!」

鋭い声で誰何するリヴィアに、鈴切は少したじろぎつつ、

「ええと……久しぶりだな。リヴィア」

「……?」

リヴィアは訝しげに目を細める。どうやら誰かわからないようだ。

ホームレス時代とは違い、今の鈴切は綺麗に髭を剃って髪も整えているので無理もないが、少し寂しく思う。

「俺だよ。ホームレスの鈴木だ」

かつて名乗っていた名前を告げると、リヴィアは目を丸くして駆け寄ってきた。

「鈴木殿!?　本当に鈴木殿なのですか!?」

「ああ。本名は鈴切だけどな」

「すずき……り殿？」

「鈴木のままでいい」

鈴木は苦笑して言った。

「そうですか。鈴木殿はあれからどうしておられたのですか？」

「東京に帰って仕事を再開した」

「そうだったのですか。よかったです」

「ああ。……俺が立ち直れたのはあんたのおかげだから、そのお礼を言うためにこっちに来たんだ」

「お礼など……某は何もしておりません」

リヴィアは少し嬉しそうに言って、鈴切をまじまじと見つめ、

「しかし本当に見違えましたね鈴木殿……」

「そういうあんたも随分いい格好してるじゃないか」

「はい。お陰様でなんとか仕事と住む場所を見つけられました」

そう言うリヴィアに、鈴切は躊躇いがちに確認する。

「……だが、鏑矢探偵事務所はクビになったんだよな?」

「え、どうしてそれを?」

「さっき事務所に行って聞いた。……で、今はカルト教団にいるってことも聞いたんだが……本当なのか?」

鈴切の問いに、リヴィアは少しばつが悪そうに、

「……本当です」

「大丈夫なのか? もし妙なことをやらされてるなら、抜けられるよう力を貸すぞ」

「い、いえご心配なく! マスターの望愛殿に、人からお金を騙し取るような真似はやめるよう約束してもらいました」

鈴切は耳を疑った。

「……カルト宗教のリーダーに? そんな約束を?」

「はい」

「……相変わらずぶっ飛んでるな、あんた……」

鈴切は苦笑し、

「まあ、とりあえず元気でやってるようで安心したよ」

「はい。そういえば、鈴木殿はどんなお仕事をされているのですか?」

　リヴィアの問いに、鈴切は少し照れくささを覚えながら、

「……しがない小説家だよ」

「小説家！　それは凄い！」

　心から感心した声を上げるリヴィアに、

「そんな大したもんじゃないさ……」

　謙遜ではなく本心から鈴切は言う。

「いえいえ、創作方面さっぱりの某からすれば、小説を書けるかたは無条件で尊敬に――」

　と、そこでリヴィアが急に真顔になり、すっと目を細めて鈴切を見つめてきた。

「な、なんだ？」

「小説家、というのは文章の専門家なのですよね？」

「ああ……まあ、そう言えなくもないな」

「ではもしかして、作詞もできたりしませんか？」

「作詞？　歌の？」

「はい」とリヴィアが頷く。

「……一応、昔何度かやったことはあるが」

　かつて鈴切の小説がアニメになったとき、キャラクターソングも数多く作られたのだが、そのうちの数曲は原作者の鈴切自ら作詞を手がけた。

「本当ですか⁉」

「お、おお」

リヴィアの勢いに鈴切は少したじろぐ。

「鈴木殿！　どうか某のバンドのために歌詞を書いていただけませんか！」

「は？　バンド？」

鈴切の目が点になった。

リヴィアの話を詳しく聞くと、セクキャバ時代に知り合った弓指明日美という女の子に頼まれてギターを始め、リヴィアのことを救世主と崇めている皆神望愛というワールズブランチヒルクランのマスターに曲作りを頼み、三人でバンドを組むことになったという。

しかし歌詞の方向性について明日美と望愛の意見が対立し、バンドは早くも解散の危機にあるらしい。

「というわけで、歌詞が作れる人に協力をお願いしたいのです」

「情報量が多すぎる……」

どこからツッコんでいいかわからないリヴィアの話に、頭がおかしくなりそうだ。

「冗談……ってわけじゃなく、マジなんだろうな。あんたのことだから……」

「もちろんです」

鈴切は嘆息し、

「わかった。作詞は専門外だからどこまで役に立てるかはわからんが、俺なんかでよければ協力させてもらうよ」

「ありがとうございます、鈴木殿！」

苦笑しながら言った鈴切に、リヴィアは満面の笑みでお礼を言った。

かくて、小説家・鈴切章は救世グラスホッパーの作詞を手がけることになり。

皆神望愛から曲のデータを受け取って東京に戻った鈴切は、一週間で五つの曲に歌詞をつけた。

恋や愛や家族や友情といった日常の輝きを中心に描きながらも、どこか壮大なバックボーンを感じさせるような鈴切の歌詞は、望愛と明日美の双方から好評で、正式に採用されることになった。

メンバー三人は曲が完成してすぐに市内で一番設備のいいレンタルスタジオで練習とレコーディングを始め、一週間後、小さなライブハウスにて記念すべき初ライブを行った。

客は満員だったが大半は望愛に言われてやってきたクランの人間——いわばサクラ——で、それ以外は他のバンドのファンという状況だったのだが、ライブは大盛り上がりで、他のバンド目当ての客をも虜にし、彼らが熱烈に布教したおかげで救世グラスホッパーは瞬く間に岐阜のロックファンの注目の的となった。

初ライブからわずか一週間後にはワンマンライブが行われ、ハコを埋めたのはクランのサクラではなく純粋に救世グラスホッパーを観に来た人たちであった。

ほどなくバンドの活動範囲は岐阜のみならず隣の愛知県、三重県、静岡県のライブハウスにまで広がり、望愛がネットにアップした、音源にライブ映像を合わせた動画も音楽ファンの間で話題になった。さらには作詞を担当したのが小説家の鈴切章だと知られたことで音楽ファン以外からも注目され、動画の再生数は一気に跳ね上がった。

明日美の歌唱力、リヴィアのギターテクニック、キーボード&マニピュレーターの望愛による完成度の高い楽曲、鈴切による心に響く歌詞、いずれもプロレベルのクオリティであったが、何よりも人々の関心を集めたのはリヴィアの美しさであった。

バンドの公式サイトのプロフィールには「異世界から転移してきた女騎士」と書かれており、本当のプロフィールは不明……というか、これが正真正銘の事実だと信じる者は誰もいないだろう。もしや鈴切章の『ホームレス女騎士』の主人公レフィアのモデルが彼女なのでは……という憶測も流れたのだが、リヴィアがレフィアのモデルなのではなく、レフィアをモデルにしてリヴィアがキャラ作りをしているのだという現実的な見解のほうが主流だ。

ともあれ、この美しすぎる謎の女性ギタリストを見るべく、東海地方のみならず日本全国からファンが集まるようになった。また、ワールズブランチヒルクランが新たに販売を始めたリヴィアのフィギュアも、あっという間に凄まじいプレミアがついてしまった。

そして。

バンドがネットでバズって間もなくの、ライブ終了後のこと。

ライブハウスのスタッフに案内され、一人の男が楽屋にやってきた。

「はじめまして。私、ギフトレコードの土田智也(つちだともや)と申します」

ギフトレコードといえば日本有数の大手レコード会社であり、彼が差し出した名刺の肩書きには「音楽プロデューサー」と書かれていた。

「単刀直入に言います。弊社と契約してメジャーデビューしませんか?」

その言葉に。

リヴィア、明日美、望愛の三人は思わず顔を見合わせ、歓声を上げて抱き合ったのだった。

CHARACTERS
SALAD BOWL
OF
ECCENTRICS
リヴィア
NAME
ジョブ:ギタリスト NEW
アライメント:善/中庸
STATUS
体力:100
筋力:100
知力: 27
精神力: 89
魔力: 19
敏捷性:100
器用さ: 76 NEW
魅力: 98 NEW
運: 18
コミュ力: 41

CHARACTER.

SALAD BOWL OF ECCENTRICS

のあ NAME

ジョブ:宗教家、マルチクリエイター、限界オタク、キーボーディスト NEW

アライメント:中立/混沌

STATUS

体力:	37
筋力:	21
知力:	81 NEW
精神力:	41
魔力:	0
敏捷性:	19
器用さ:	100
魅力:	92 NEW
運:	69 NEW
コミュ力:	73 NEW

CHARACTERS
SALAD BOWL
OF
ECCENTRICS
あすみ
NAME
ジョブ:ボーカリスト NEW
アライメント:中立/混沌
STATUS
体力: 69 NEW
筋力: 42
知力: 40 NEW
精神力: 78 NEW
魔力: 0
敏捷性: 48
器用さ: 69 NEW
魅力: 86 NEW
運: 65 NEW
コミュ力: 81

CHARACTER

SALAD BOWL
OF
ECCENTRICS

あきら

NAME

ジョブ:小説家、作詞家

アライメント:中立/混沌

STATUS

体力:	81
筋力:	79
知力:	72
精神力:	51
魔力:	0
敏捷性:	76
器用さ:	75
魅力:	71
運:	22
コミュ力:	48

2月13日　13時45分

昼下がり、探偵の閨春花が愛崎弁護士事務所を訪れた。

仕事の用事ではなく、二ヶ月ほど前から定期的に行っているブレンダへの、男の心を摑む料理指南のためである。

指南といっても閨の料理の腕自体はそこまで凄いわけでもないので、基本的にはレシピを見ながら一緒に作るだけなのだが、それが逆に友達の少ない閨にとっては、気負わずに同性の友人と過ごす貴重なひとときになっていた。

弁護士だけあってブレンダの物覚えはいいのだが、技術的にはまだ危なっかしい。とはいえ時間をかけて丁寧にレシピ通り作りさえすれば、カレーやシチューといった煮込み料理なら十分美味しくできるようにはなった。

しかしブレンダは、まだ一度も思い人に手料理を振る舞えていないらしい。

彼女曰く、

「どうも彼の家の近所に、料理上手の女が住んでいるらしいの。それでその女が、たまに家に料理を持って来るって……」

「ええ!?　大丈夫なんですか？　それ完全に狙われてるんじゃ……？」

ごく普通の地味なサラリーマンだと聞いているが、意外とモテる男なのかもしれない。

するとブレンダは首を振り、

「幸い、彼とその女はかなり歳が離れてるから、彼の恋愛対象にはならないと思うわ」

「離れてるって、どれくらいですか？」

「ええと……十五、六歳くらいかしら」

ブレンダの思い人の年齢は三十代前後だ。ということは、その女性は四十五歳前後ということになる。

男女が逆なら全然よくあるパターンというか、四十代半ばの男というのは闇が最も得意とするターゲット層ですらあるのだが、

「なるほど……絶対にあり得ないとは言えませんけど、たしかに恋愛に発展する可能性は低いかもしれないですね」

一人暮らしで普段まともなものを食べていないサラリーマンに、近所に住む世話焼きのおばさんがたまに料理を持って行ってあげる……そんな一昔前にはよくあったご近所付き合いが行われているのかもしれない。

「けれど恋愛対象ではなくても、ワタシが彼に手料理を食べさせたら、否応(いやおう)なくその女の料理

と比較されることにはなるでしょう?」

「そうかもしれませんね。だからもっと上達するまで手料理は出せないと」

「ええ……」

深刻な顔をしてブレンダは頷く。

「うーん……相手が料理上手となると、わたしでは力不足かもしれません。ちゃんとした料理教室に通ったほうがいいんじゃないでしょうか」

闇がそう言ったところ、

「さすがにそんな暇はないわ。……それにワタシ、春花ちゃんと一緒に料理をするのが結構楽しみなのよ」

こんな可愛いことを言われたら、闇としても張り切らないわけにはいかない。

というわけで闇は、今日も事務所の男やターゲットを相手に男受けする料理を調査しつつ、ブレンダのもとにやってきたのだった。

「先生、今日の料理はオムライスでどうでしょう。わたしも正直あまり得意じゃないんですけど、一緒に挑戦してみませんか」

闇の提案にブレンダは、

「たしかにオムライスもいずれは作れるようになりたいのだけれど、今日は別に作りたいものがあるの」

「そうなんですか？」

作る料理はいつも闇が考えていたので、少し意表を突かれた。

「何を作りたいんですか？」

するとブレンダは少し恥ずかしそうに、

「……て、手作りチョコ」

「チョコ、ですか？　なんでまた？」

不思議に思って訊ねる闇に、ブレンダは驚いた顔をした。

「え、だって明日はバレンタインでしょう？」

「バレンタイン……！」

そんなイベントがあったことを闇は本気で忘れていた。

「まさか忘れていたの？」

「ええ、まあ……あまり縁のないイベントだったので」

「そうなの？」

意外そうな顔をするブレンダに、

「はい。一年に一回しかない恋愛イベントなんて仕事のプランに組み込めませんし」

ターゲットに接触して数週間以内に落とし、ホテルに行って写真を撮ったらすぐに姿をくらます闇にとって、一年に一度のイベントなど意識の埒外だった。草薙探偵事務所でも、女性社員が男性社員に義理チョコを渡す習慣はない。

「な、なるほど……それが落としの名人の認識なのね……」

恐れおののくような視線を向けてくるブレンダに、

「落としの名人って、それだと取り調べで被疑者を自白させるのが上手い刑事みたいじゃないですか」

苦笑しながらツッコみ、

「でも手作りチョコで告白ですか。思い切りましたね先生」

するとブレンダは顔を赤くして首を振り、

「ち、違うわよ！　今回はあくまで練習！」

「え、そうなんですか？」

「ええ。仕掛けるのはもっと料理の腕を磨いて万全の態勢を整えてからよ」

「他の人に横から持って行かれちゃう前に、とりあえず気持ちを伝えるだけ伝えて牽制しておいた方がいいと思うんですけど……」

閨の指摘にブレンダは恥ずかしそうに、

「む、無理よそんなの。そんなことしたら、これから彼の顔をまともに見られなくなってしまうわ……」

（ほんと可愛いなー、先生）

闇は目元を緩ませる。

闇が思うに、ブレンダの恋愛レベルは見た目と同じく中学生くらいで止まっている。不倫や離婚には詳しくても、その逆の、普通に結婚したり付き合ったりする流れをほとんど知らないのだろう。

だが、このピュアさにグッとくる男もいるのかもしれない。

バレンタインに手作りチョコで告白なんて、初々しすぎて闇の頭からはまず出てこなかった発想だ。

（いっそわたしも惣助先輩に試してみようかな……）

さりげないボディタッチやまずは子供の機嫌を取るといった搦め手より、こういう直球のほうが普通の恋愛では強いのかもしれない。

闇はそう思い立ち、

「わかりました。今日はチョコレートを作りましょう。実はわたしも作ったことないので、上手く出来るかわかりませんけど……」

「大丈夫よ、協力すればきっとなんとかなるわ」

かくて二人は一緒にチョコレートを作ることになった。

そもそも作り方をよく知らなかったので、まずはネットで作り方を調べることから始める。

それによると、どうやら手作りチョコには市販のチョコを溶かしてハート型など別の形に固め直す方法と、カカオ豆からチョコを作る方法があるらしい。

バレンタインに贈られる手作りチョコで一般的なのは前者で、難易度はそれほど高くない。

閨もそちらの方法で作るつもりだったのだが、

「せっかくだからカカオ豆から作ってみましょう」

「本気ですか!?」

驚く閨にブレンダは笑って、

「もちろんカカオ豆は普通に買うわよ」

「いえ、べつにカカオの栽培から始めるつもりだとは思ってませんけど……。それでも大変そうじゃないですか?」

「だって市販のチョコを溶かして固め直したって、市販のチョコ以上の味にはならないでしょう?」

「そこは中にナッツとかドライフルーツを入れたり、表面を色々コーティングしたりとか、やりようはあるかと……」

閨が反論するも、

「それにワタシ、糖分補給のためにチョコレートは普段からよく食べるのよ。自分で美味しいチョコが作れたら素敵じゃない?」

「あー、たしかに楽しそうではありますね。……まあ今回は練習ということですし、ダメ元で難しいほうに挑戦してみますか」

「ええ。頑張りましょう」

ブレンダが頷き、二人は引き続きカカオ豆からチョコを作る方法を調べ、必要なものを買いに出かける。

まずは製菓材料店でカカオ豆を購入。最初は近所のスーパーに行ったのだが売っておらず、そもそもどこで買えるのか調べる必要があった。

続いてカカオ豆をローストするためのロースター。

ローストしたカカオ豆を粉砕しペースト状にするためのフードプロセッサー。

それをさらに長時間強い力で攪拌し、カカオの油脂や砂糖を均等に馴染ませ滑らかな状態にする、「コンチング」という工程に必要なマシン。

チョコレートの主成分であるカカオ油脂の結晶を安定させるためのテンパリングマシン。

いずれもそれなりに高価なのだが、中でもコンチングマシンが飛び抜けて高価で、最低でも五万円以上、百万円を超えるものも珍しくない。そもそも普通の家電量販店では取り扱っておらず、どうにか輸入家電の専門店で手に入れることができた。

それ以外にもスーパーで展開されていたバレンタインコーナーで、チョコレートを固める型、砂糖や全脂粉乳、ドライフルーツやアーモンドなどを一通り。

合計で五十万円以上を費やして必要なものを買い揃えたのち、闇とブレンダが事務所に戻ってきたのは日が落ちてからだった。

　購入したものをキッチンに運び込み、開封する。

「ふう……いよいよですね」と閨。

「ええ……もう引き返せないわ……」

　キッチンに並ぶ機材および、床に乱雑に転がる大量の箱や発泡スチロールを見つめながら、ブレンダが引きつった笑みを浮かべる。

　金持ちの弁護士でも、一気に五十万円の出費はなかなか痛いのだ。

　二人はまずカカオ豆を三十分ほどローストし、殻を剝く。手作業だったため軽く一時間以上かかり、終わる頃には疲れ果てていた。

　苦労して殻を剝いたカカオ豆をフードプロセッサーで磨り潰し、それをコンチングマシンに投入。

　コンチングに必要な時間は、最低でも数時間。

　チョコレート専門店では三十時間くらいかけるところも多く、さらに大規模なチョコレート工場だと一週間とか一ヶ月もの間ひたすら攪拌することもあるらしい。

　音を立てて動いているコンチングマシンを見つめながら、閨はぽつりと、

「一粒で千円とかする高級チョコレートってあるじゃないですか」

「ええ。たまに買うわ」とブレンダ。

「わたし正直あれって、ブランドに胡座をかいてるだけのぼったくり価格だと思ってたんです。たしかに美味しいは美味しいんですけど、コンビニで買えるチョコの何倍もするのはさすがにおかしいんじゃないかって」

「たしかに割高感はあるわね」

「でも今日、設備とか人件費とか品質管理とか作る時間を考えると、その値段にも納得できちゃいました」

「ワタシもよ。チョコ作り大変すぎるわね……」

しみじみと言った閨に、ブレンダも頷き、

「……さて、ひとまず今日はここまでかしら。続きはまた明日ね。とりあえず十二時間くらい回してみましょう」

「じゃあ明日十時くらいにまた来ます」

「ええ、待っているわ」

と、そこで二人が作業する様子をずっと見ていた盾山が口を開く。

「あの、お二人ともお仕事は……？」

「明日は臨時休業よ」

「わたしもお休みします」

迷うことなく言ったブレンダと閨に、盾山は一瞬「うわこいつらマジか」という顔をしたものの、すぐに無表情に戻った。

2月14日　10時1分

翌日、閨は約束通り十時に愛崎弁護士事務所を訪れた。

昨日から動かしっぱなしだったコンチングマシンを止め、トロトロになったチョコレートをボウルに流し入れる。

香ばしさの中に少し甘さを含んだ香りが鼻腔をくすぐり、

「春花ちゃん、これ、かなり上手くできたんじゃないかしら」

「ですよね……！」

ブレンダの言葉に、閨も少し興奮を覚えつつ、

「でもまだ油断は禁物ですよ」

そして二人はテンパリングの作業に入る。

カカオ油脂の結晶を安定させるために温度を上げたり下げたりする工程で、これに失敗すると風味、口溶け、見た目などが悪くなったり、冷やしても固まりにくくなったりする。

ボウルに入れたチョコレートを湯煎したり氷水に浸して温度調節するのが一般的だが、ブレ

ンダと閨はテンパリング専用マシンを使う。

鍋に入れたチョコレートを五十度まで温め、それを二十六度まで下げ、そこから三十一度に上げたのち型に入れていく。

型に入れたチョコレートを冷蔵庫で冷やし、待つこと一時間。

「ついにできたわね……」

「できましたね」

固まったチョコを取り出し、ブレンダと閨は緊張した面持ちでそれを見つめる。

見た目は市販の板チョコと何も変わらない……ように見える。問題は味だ。

二人は同時に一枚を口に入れ、舌で溶かして味わい――

「ん……」「うーん……」

共に微妙な顔をした。

「なんだか苦い……というより酸味が強い感じがするわね……」

「計算ではもっと甘くなるはずだったんですが……」

「舌触りも妙にもっさりしているわ……。コンチングを終えたときはもっと滑(なめ)らかな印象だったのだけど……」

口々に感想を述べる二人だが、あまり美味(おい)しくないということは一致していた。

事務員の盾山(たてやま)にも試食してもらうも、やはり感想は微妙だった。

「おかしいですね……特に失敗はしてないと思うんですけど……」

「コンチングの時間が足りなかったとか……?」

首を傾げながら、二人は失敗の原因を探るべく、ネットでチョコレート作りについて再び調べ直す。

するとどうやら、様々な見落としがあったことが判明した。

「カカオ豆の種類によって、初心者向きだったり扱いが難しいものがあるんですって」

「先生! 使う砂糖はきび砂糖が向いてるそうです。今回なにを使いましたっけ……色が白かったのできび砂糖じゃないのは間違いないですけど……」

「豆をローストする温度や時間によって風味が全然変わってしまうらしいわ……」

「テンパリングする時間は長すぎても短すぎてもいけないみたいです! あと最適な温度もチョコの種類によって微妙に違うとか……」

次々に明らかになる新事実に、二人はチョコレート作りの奥深さと、自分たちの見積もりの甘さを思い知る。

閨は嘆息し、

「なにより厄介なのは、どの種類のカカオ豆を何度で何分ローストしてどの砂糖をどういう比率で混ぜてどのマシンで何時間コンチングしてどういう温度でテンパリングをすれば絶対に美味しくなるのかっていう正解例がどこにも見当たらないことですね……」

ブレンダも難しい顔を浮かべ、

「そうね……それを上手(うま)くやるのが経験なんでしょうけど……。どこかで絶対的正解の書かれたレシピが手に入らないかしら。春花(はるか)ちゃん、ちょっと有名なチョコレート専門店のパティシエでも籠絡(ろうらく)して聞き出してきてくれない？」

「わたしに産業スパイをやれと……!?」

「冗談よ」

ブレンダは笑い、

「一度失敗したくらいで諦(あきら)めてはいられないわ。この失敗を生かしてさっそく二回目に挑戦しましょう」

「！　はいっ、先生！」

ブレンダの言葉に感銘を受け、閨は力強く返事をした。

かくして、美味しいチョコレートを作るべく二人の新たな挑戦の日々が始まった——。

２月１４日　１６時４６分

二月十四日、バレンタイン。

学校が終わり家に帰って洗濯物を取り込んだあと、永縄友奈(ながなわゆな)は鏑矢(かぶらや)探偵事務所を訪れた。

「待っておったぞ友奈よ」

チャイムを鳴らすと、扉を開けてサラが出迎えた。

サラと一緒に事務所に入ると、

「おう、いらっしゃい」

奥のデスクでパソコンに向かっていた鏑矢惣助(そうすけ)が友奈に挨拶(あいさつ)した。

「あ、うん。お邪魔(じゃま)します」

小さく頭を下げる友奈。

「ほれ友奈よ、ハッピーバレンタインじゃ！」

サラがテーブルの上に置いてあった、ラッピングの施(ほどこ)されたチョコレートの箱を友奈に渡す。それを受け取り、

「……あ、ありがとう。じゃあアタシもこれ」

友奈も持っていた紙袋の中からチョコの入った箱を取り出し、サラに渡した。

先日、バレンタインに友チョコを交換しようということになり、こうしてチョコを作って持ってきたのだった。

サラがさっそく友奈の作ったチョコの包装を解く。

中に入っていたのは九個のトリュフチョコで、三個ずつココアパウダー、粉糖、ミックスス

プレーでコーティングしてある。

「おおー！　これ友奈が作ったのかや!?」

「まあね」

　歓声を上げるサラに友奈は頷く。

　サラが嬉しそうに一粒口に入れ「うむ！　美味い！」と笑い、友奈はホッとする。食事は作り慣れているのだがお菓子はほとんど作ったことがなく、バレンタインにチョコを作るのも誰かにあげるのも、これが初めてだったのだ。

　と、そこで惣助が近づいてきて、

「へー、大したもんだな」

「べ、べつに。トリュフチョコなんて溶かして丸めるだけだし」

　友奈は早口で言うと、サラにもらったチョコの封を開けた。

　入っていたのはハートや星やウサギや猫の形をした茶色いチョコ。

　おそらく市販の型に入れて固めただけのもので、コーティングなどは特にされていない。かなり薄いので中に何か入っているということもないだろう。

　あまり凝ったものを作られても交換したこちらの立つ瀬がないので、友奈はその素朴さにむしろ安堵する。

　さっそく友奈は一つを手に取って口に運び――、

「えっ、うま……!?」

　思わず声が出た。

　ほのかな苦みによって強調された濃厚な甘みが、口の中でとろけながら広がっていく。

「カカオ豆から作ってみたのじゃ」

「マジで?」

　サラの言葉に驚く。惣助が苦笑いを浮かべ、

「気に入ってもらえたら何よりだ。……俺も何度も味見させられたからな」

「へえー……でも豆からって、たしか専用の道具が必要なんでしょ?」

　友奈もどうせならカカオ豆から作れないかと調べたのだが、フードプロセッサーや擂り鉢で潰すだけではどうしてもザクザクした感触が残ってしまうと知って諦めた（そのザクザク感が店のチョコにはない良さだという意見もある）。

　しかしサラのチョコの舌触りは非常に滑らかで、舌の上で溶けても粒っぽさなど微塵も感じない。

「そこはまあ、工夫で乗り越えたのじゃ」

「工夫って?」

「中国拳法じゃ」

「はあ?」と友奈は眉をひそめ、

「……まあいいや。サラがわけわかんないこと言うのは今さらだし」

それから友奈は袋の中からもう一つ箱を取り出し、おずおずと惣助に差し出す。

「はいこれ。オジサンにも」

「え、俺にも？」

意外そうな顔をする惣助に、友奈は少し頬を赤らめ、

「い、いらないなら持って帰るけど。サラのをいっぱい試食して飽きてるんでしょ」

しかし惣助は微笑（ほほえ）みながらチョコを受け取り、

「いや、ありがたくもらうよ。チョコレートはエネルギー補給に最適だから、いくらあっても困らないしな」

「ほんと？」

「ああ。チョコは探偵業の強い味方だ」

頷（うなず）く惣助に友奈は、

「そうなんだ。じゃあ他にもたくさんあるからあげる」

紙袋をずいっと差し出した。

「え？」

戸惑い顔で受け取った惣助は、紙袋の中に目をやり、中に入っていた二十個以上のチョコの包みを見て目を丸くする。

「……もしかしてこれ、全部チョコなのか？」

「うん」

「なんで学校でこんなに？」

「なんかこんなにいらないからオジサンにあげる」

二ヶ月ほど前にクラスメートが上級生から受けていたイジメを解決してから、周囲の友奈に対する目は変わった。

相変わらずクラスで浮いてはいるものの、ネガティブな感情ばかりではなく、「クールで格好いい人」という目で見られるようになったのだ……主に女子から。

さらにイジメから助けた今針山瑞季を通して、他の女子からもこっそり相談を受けたり、勉強を教えたりするうちに――忘れられがちだが友奈は中学受験で県内有数の進学校に合格するほど学力は高い――、いつの間にか高嶺の花のような扱いをされるようになってしまったのだった。

「い、いや、これをもらうわけには……」

「入ってた手紙とか個人情報に関する部分はちゃんと抜き取ってあるから大丈夫」

「おう、ちゃんとプライバシーに配慮できてて偉いな。でもそういうことじゃなくて」

と、そこで、

「惣助！　実は妾も学校でもらったチョコがたくさんあるのじゃ！」

そう言いながらサラが近くに置いてあったランドセルを逆さにすると、中からドサドサと大量のチョコやお菓子が出てきた。

「うおっ!? どうしたんだこれ!?」

「妾の下駄箱や机やらに入っておった。いずれも差出人の名前は書いておらん。学校へのチョコの持ち込みは禁止じゃから、こっそり持ち込んでこっそり忍ばせたのじゃろう。そうまでして妾に貢ぎ物を届けたいとは殊勝な者どもよ。でもまあそれはそれとして妾もこんなにたくさんいらんので消費するの手伝って」

「ふーん……アンタもやるじゃん」

自分がもらったチョコの数倍の量はあるお菓子の山を見て、友奈は少し悔しくなって唇を尖らせた。

「友奈も欲しい菓子があったら好きなだけ持って行くがよいぞ!」

「……じゃあチーズおかきとベビースターとおにぎりせんべいもらってく」

「この中から貴重な塩気のあるものだけ持って行くとは、そなた容赦ないのう……!」

目を丸くするサラに、友奈は少し笑う。

「はぁ……マジかよ。どんだけモテるんだお前ら……羨ましいこって……」

惣助はそう言って、げんなりした顔でうなだれたのだった。

3月1日　14時43分

「お疲れ様です。……ここに来るの、けっこう久しぶりのような気がするな」

愛崎(あいさき)弁護士事務所を訪れた惣助が言った。

「そうだったかしら。ワタシに会えなくて寂しかった？」

「いや、別に」

「(´･ω･`)」

ここ二週間ほど仕事そっちのけでチョコレート作りに邁進(まいしん)していた閨(ねや)とブレンダだったが、ついに市販のものにも劣らない味のチョコレートを作り出すことに成功した。

さっそく惣助を事務所に呼び出したブレンダは、依頼内容の説明もそこそこに、

「ところで惣助クン。すごく美味(おい)しいチョコレートが手に入ったのだけれど、良かったらどうかしら」

すると「チョコレート」という単語を聞いた瞬間に、惣助の顔が何故(なぜ)か引きつった。

「……？　どうしたの？」

訊(たず)ねるブレンダに惣助は引きつった笑みを浮かべて、

「いや……遠慮しときます。サラと友奈がバレンタインにアホほどチョコくれて、最近ずっ

とチョコばっか食べてて……。ようやく半分くらい消化したんだが、正直もうチョコを見るのも嫌な自分がいる……」

心の底からうんざりした様子の惣助に、ブレンダは落ち込み、拗ねたように頬を膨らませるのだった——。

CHARACTER
SALAD BOWL
OF
ECCENTRICS
ブレンダ
NAME
ジョブ:弁護士、
チョコレート研究家 NEW
アライメント:悪/中庸
STATUS
体力: 44
筋力: 22
知力: 95 NEW
精神力: 54 NEW
魔力: 0
敏捷性: 32
器用さ: 61
魅力: 78
運: 59 NEW
コミュ力: 90 NEW

３月２４日　９時１８分

草薙沙羅（くさなぎさら）が小学校に入学して、あっという間に三ヶ月が過ぎた。

今日は沢良（さわら）小学校の卒業式で、沙羅の小学生時代はこれで幕を閉じることになる。

しかし短い時間ではあったが、この三ヶ月の間、沢良小学校の中心にいたのは間違いなく沙羅であった。

同じクラスの児童のみならず、全学年の児童が沙羅を慕い、沙羅に影響を受けた。

その影響は基本的にプラスの方向であり、まず全校からイジメがなくなった。理由は沙羅がイジメかっこ悪いと言ったからである。

また、児童の学習態度も良くなった。

頭脳明晰（ずのうめいせき）な沙羅に憧れて勉強を頑張る児童が増え、間違えたり恥をかくことをまったく恐れない沙羅の影響で、授業でも積極的に挙手する児童が非常に増えた。

とりわけ沙羅が所属する六年二組の児童たちの変化は目覚ましく、すべての児童の学力が大幅に向上した。

クラスの雰囲気も明るくなり、グループの輪を越えてクラス全員が仲良くなった。女子が定規バトルで遊び、男子がプリキュアや少女漫画の話をすることも当たり前の光景になった。

下級生に対する面倒見も良くなり、六年二組の児童を慕う下級生にも良い影響が出た。

沙羅の真似をして自分のことを「わらわ」と言ったり「のじゃ」「ぞよ」という時代がかった言葉使いをする児童が増えてしまったことだけは、問題といえば問題であった。

卒業文集で行われたアンケートの「心に残った思い出」の項目では遠足や修学旅行や運動会といった各種イベントに大差をつけて、「沙羅様と過ごした毎日」がぶっちぎりのトップとなった。

児童たちを体育館へと引率しながら、六年二組担任、山下航は思う。

自分のこれまでの教師生活の中で間違いなく最も濃密な三ヶ月であり、沙羅の小学校生活でただ一人のクラス担任を務められたことは、自分の誇りだ。

そして、草薙沙羅ほどの規格外の児童に巡り会えることは、この先の人生においてもう二度とないだろう、と。

3月24日　9時30分

沢良(さわら)小学校の体育館にて、卒業式が始まった。

惣助(そうすけ)はスーツ姿で、後方の保護者席に座っている。

式の開始時間になると、スピーカーから『英雄の証(あかし)（モンスターハンターのメインテーマ）』が鳴り響くとともに体育館の扉が開き、卒業生が入場してきた。

二クラスで七十人弱。列は出席番号順で、転入生のサラの出席番号は二組の最後なので、一番後ろである。

サラの服装は異世界から転移してきたときの、振り袖とロリータファッションが合体したような服で、金髪ツインテールと相まって、着飾っている児童が多い中でも一際目立っていた。

惣助はコスプレに見えるので他の服のほうがいいのではと提案したのだが、サラは「これは妾(わらわ)の一張羅(いっちょうら)じゃぞ。今日着なくてどうするのじゃ」と押し通した。

（まいっか。ともあれ無事に卒業できて何よりだ）

周囲には早くも感極まって泣いている保護者までいるのだが、正直なところ、他の保護者と違って惣助にさしたる感慨はない。たった三ヶ月だし、タイミング的に学校行事や保護者面談や授業参観もなかったため、惣助が学校に来たのは初登校の日以来だ。

なんやかんやでサラは学校で上手(うま)くやっているようだったし、本当に気が付けば卒業式を迎えていた……という感じである。

そんなことを思いながらサラを見ていると、着席する前にサラが何故(なぜ)か来賓席(らいひんせき)のほうに向けて小さく手を振った。

怪訝に思って来賓席に目をやると、なんと来賓のなかに惣助の父親、草薙勲の姿があった。

（な……!?）

少し前に勲から「俺もサラちゃんの卒業式に行きたい」と言われたのだが、出席できるのは保護者のみと決まっているので当然却下した。しかしあの男は諦めず、恐らく校長あたりに直接頼んで来賓席に呼んでもらったのだろう。

（そこまでするかジジイ……）

そういえば惣助の小学校の卒業式のときは、勲は仕事で出席できなかった。既に離婚していたので母親もおらず、寂しかったのを思い出した。

卒業生が全員着席し、開式の言葉と校歌斉唱に続いて、卒業証書の授与が始まる。

一人ずつ名前を呼ばれて壇上に上がり、校長から卒業証書を受け取る。これまた出席番号順なので、サラが最後だ。

「草薙沙羅」

「はい！」

進行役の教頭にマイクで名前を呼ばれ、サラが大きな返事をして立ち上がると、保護者たちが一斉にざわついた。「おお……！」「あの子が……」「あのお方が……！」

（あのお方!?）

サラが学校中の人気者になっているということは知っていたのだが、保護者たちまで騒ぐ意味がわからない惣助。

卒業証書の授与が終わり、校長とPTA会長の祝辞が終わり、続いて在校生の送辞となる。

児童全員が立ち上がり、卒業生が在校生のほうを向く。

そして在校生の一人が、大きな声で呼びかける。

「六年生のお兄さん、お姉さん、沙羅様！　ご卒業おめでとうございます！」

続いて他の在校生がみんなで『おめでとうございます！』と唱和する。

（あー、そういえばこういうのあったなあ……）

と惣助は懐かしく思い――

（って沙羅様!?）

あまりにもナチュラルに混じっていたものだから、うっかりスルーするところだった。

「六年生の皆さんや沙羅様と過ごした毎日は、僕たちにとってかけがえのない思い出です。たくさんの思い出をありがとうございました」

『ありがとうございました！』

またしても別枠で呼ばれる沙羅様。

（誰もツッコまねえのかよ！）

しかし困惑顔をしているのは惣助の他には一部の来賓だけで、卒業生も保護者も教師たちも誰もが平然としており、送辞は普通に進んでいく。

「楽しかった運動会」

『運動会！』

「リレーで転んでしまった僕を、六年生が大きな声で励ましてくれました。そのおかげで僕は最後まで走りきることができました」

　児童が交代で一人ずつ六年生との思い出を語り、ときおり全員が声を合わせて呼びかけるという形式で送辞は続いていったのだが。

　入学式、春の遠足、お楽しみ会、プール開き、秋の遠足、運動会といった、季節のイベントでの思い出が語られる流れの中で、突如としてそれは始まった。

「そして忘れもしない十二月十三日！　沢良小学校に草薙沙羅様が入学してこられました！」

『入学してこられました！』

「沙羅様は通学班の副班長として、わらわたちの安全をずっと守ってくださいました！」

『くださいました！』

「沙羅様のおかげでクラスのみんなが仲良くなりました！」

『仲良くなりました！』

「沙羅様のおかげで勉強が楽しくなりました！」

『楽しくなりました！』

「沙羅様はわらわに三国志の楽しさを教えてくださいました！」

『教えてくださいました！』

「沙羅様のおかげで恋をする喜びを知りました！」

『知りました！』

「沙羅様のおかげで日常に輝きが溢れていることを知りました！」

『知りました！』

「沙羅様にお父さんとお母さんが喧嘩しているのを止める勇気をもらって、離婚を防ぐことができました！」

『できました！』

「沙羅様のおかげで将来は物理学を勉強して最強の定規バトラーになるという夢ができました！」

『できました！』

（お、俺はいったい何を見せられてるんだ……!? 宗教!?）

顔を引きつらせる惣助だった。

以降も延々と沙羅の偉業を褒め称える言葉が続き、

「沙羅様とお別れすることが残念でなりませんが、沙羅様の教えを守り、沙羅様の後輩として相応しい人間であるようこれからも励んでまいります！」

『励んでまいります！』

「沙羅様、この学校に入学してきてくれて、本当にありがとうございました！」

『ありがとうございました！』

「最後に六年生の皆さんと沙羅様のために、この歌を捧げます！」

『謳う丘!!』

カラオケ用にアレンジされた音源が流れ始め、在校生による合唱が始まる。

志方あきこの『謳う丘』。

ゲーム『アルトネリコ』の主題歌で、民族音楽を思わせる変則的で複雑な旋律に、現実に存在しない作中世界の架空言語が多用された歌詞という、まともに歌うどころかメロディを追って普通に発音するだけでも大変な超高難度曲である。

しかしそんな死ぬほど難しい歌を、沢良小学校の在校生たちは上手くパート分けして補い合いながら、それなりに歌いこなしていた。

ここまで歌えるようになるまでどれだけの練習が必要だったか想像もつかない。そもそも学年の違う在校生全員で練習する時間を確保することすら大変だったはずだ。

学校全体が団結していなければ実現不可能な奇跡を、惣助は目の当たりにしているのだ。

（いや、すげえな……………すげえけど、なんでこの曲？）

非常に幻想的で美しい曲ではあるが、間違っても小学校の卒業式で歌われるような曲ではない。

恐らく、難易度が超高いからこそ選ばれたのだろうと惣助(そうすけ)は推測する。

卒業生に——というかサラに——自分たちの結束と成長を見てもらうために。

(あいつマジでどんな学校生活送ってきたんだ……?)

今さらながら無性に気になってきて、惣助は冷や汗を浮かべる。

合唱が終わり、続いては卒業生の答辞だ。

「例年は卒業生全員での呼びかけを行っていましたが、今年は卒業生を代表して、草薙沙羅(くさなぎさら)さんに答辞を行ってもらいます」

(なんで⁉)

進行役の教頭の言葉に、惣助はまたも驚く。サラからそんなことは一言も聞いていない。

「では草薙さん、前へ」

「はい!」

サラが席を立ち、壇上に上がる。

サラがマイクの前で深々とお辞儀をすると、大きな拍手が送られた。拍手が収まるのを待ち、サラが話し始める。原稿やメモなどは持っていない。

「在校生諸君。そなたらの並々ならぬ努力が伝わってくる、実に素晴らしい合唱であった。お世辞抜きに、妾(わらわ)がこれまでに聴いた中で最も心に響いた歌じゃった。そなたらであれば、安心してこの学校を任せられると確信したぞよ」

柔らかな口調で語りかけるサラに、あちこちから嗚咽（おえつ）が漏（も）れる。

（いいことを言ってるんだが……なんで三ヶ月しか通ってないサラが代表なんだ……）

それが気になりすぎて話に集中できない惣助だった。

「知ってのとおり、妾は三ヶ月前にこの小学校に入学したのじゃが、それまで学校というものに通ったことが一度もなかった。生まれて初めての学校生活を、そなたらのような素晴らしき者たちに囲まれて過ごすことができたのは、まこと僥倖（ぎょうこう）の極みであった。改めて心から感謝するぞよ。……欲を言えばもっと早く入学して、遠足や修学旅行や運動会にも……いや、運動会はべつによいわ。ともあれ、学校行事にもいろいろ参加したかったのじゃが、それはまあ、中学校の楽しみにとっておくぞよ。妾とともに中学に上がる六年生諸君は、四月からも宜（よろ）しくなのじゃ」

そう言ってサラはにっこり笑い、

「そなたらへの感謝と学校での思い出を語り尽くすには、時間がいくらあっても足りぬゆえ、妾の話はこれで終わりじゃ。最後に一曲歌って答辞の締めとさせていただこう。……ミュージックカモン！」

サラがいきなりマイクを手に取って叫び、講演台の前に進み出た。

するとスピーカーから音楽が流れはじめる。

「先ほどの合唱のあとでは少々気恥ずかしいんじゃが、心を込めて歌うぞよ」

そう言ってサラが歌い始めたのは、ミスターチルドレンの『足音 ～Be Strong』。

力強さを感じさせるロックバラードで、歌詞の内容も、先の見えない未来に向かって一歩一歩恐れずに進んで行こうという、旅立ちの日に相応しい名曲だ。

（たしかこれ、『信長協奏曲』の主題歌だったっけ。……信長繋がりで選んだのか？）

理由はどうあれ、極めて真っ当な選曲ではあるので惣助は安堵する。

サラがカラオケで歌うときはネタ色の強い曲だったり『Lemon』の「ウェッ」だけ歌ったりと笑いを取りに来ることが多いので、卒業式の雰囲気をぶち壊してしまわないかと心配だったのだ。

まあ冷静に考えると、ゲストで呼ばれたアーティストでもない一児童がソロリサイタルをやっていること自体がおかしいのだが、その前から色々おかしなことになっていたので気にしないことにした。

普段は変顔をしながら大げさな歌い方をするサラだが、今回は真顔で普通に情感を込めて歌っており、こんな聴かせる歌い方もできたのかと惣助は少し驚いた。

サラの熱唱に、在校生卒業生問わず児童たちが続々と号泣し始める。教師や保護者の多くも泣いており、来賓席の草薙勲も声を上げて泣き始め、サラのことを知らない来賓はみんな困惑顔を浮かべている。

惣助はどういうテンションでこの状況と向き合えばいいのかわからず、ただただ気まずい思いでサラの歌を聴いていた。

「Thank you!!」

歌が終わり、やたら良い発音でそう言ってステージを降りるサラに、会場中から万雷の拍手が送られる。

サラが席に戻ると、続いて卒業生全員による『この道わが旅（ダイの大冒険の旧アニメ版エンディング）』の合唱、次に出席者全員による校歌の斉唱があったのだが、大半が泣きじゃくっていてぐだぐだに終わった。

そのあとは校長が閉式の辞を行い、教頭の「卒業生、退場」の声で卒業生が立ち上がる。それとと同時に、ゲーム『大神（おおかみ）』の『太陽は昇る』が流れ始めた。多数の和楽器によって奏でられる勇壮な楽曲で、ゲーム音楽の中でも屈指の名曲として名高い。ラスボス戦のＢＧＭなのだが、戦いの激しさよりも主人公の優しさや力強さを際立たせる曲調のため、行進曲としてもマッチしている。

（使われる曲がアニメとかゲームの曲ばっかりなのは、これが今時の卒業式の流行なのか、それともサラの好みに合わせたのかどっちなんだろう……）

退場の列は入場のときと逆なので、今度はサラが先頭である。

泣いている児童も多い中、サラは覇気のある笑みを浮かべて堂々と歩いている。

そんなサラと、惣助(そうすけ)の目が合った。

ニカッと笑みを深めて惣助に向けてピースするサラに、惣助は微苦笑を漏(も)らしながら軽く手を振る。

こうして、沢良(さわら)小学校の異様な卒業式は幕を閉じたのだった。

声に出してツッコみたいのをこらえるのが大変すぎて疲れたが、きっと出席者にとって忘れられない思い出にはなるだろうと惣助は思う。

(ならば良し！　……かもな)

3月24日　11時5分

卒業式が終わると、六年生の児童は教室に戻り、最後の帰りの会が行われる。

そのあとは別室で待機している保護者と一緒に、在校生によるアーチをくぐって校門を出るという流れだ。

「えー、先生がみんなに言いたいことは一つだけです。中学生になっても、みんな仲良くしましょうね。以上です」

通知表を配ったあと、担任の山下航(やましたわたる)は最後の挨拶(あいさつ)を手短に済ませた。

在校生は体育館の片付けを終えてから外でアーチを作るため、それまで卒業生は教室で待つことになる。その時間を、児童たちに最大限使わせてあげようという配慮である。

教室から出なければ自由にしていいということなので、沙羅の第一の家臣である安永弥生は当然ながら沙羅のもとへ向かった。

しかし他の児童も考えることは同じだったようで、沙羅はあっという間にみんなに囲まれてしまう。

「沙羅様、私と一緒に写真を撮ってください！」「うちも！」「オレも！」「お守りにしたいので写真を撮らせてください！」

「慌てるでない。ちゃんと順番に並ぶがよい。弥生よ、そなたは撮影係をするのじゃ」

「イエス！　マイロード！」

結局、最後の自由時間は沙羅の撮影タイムで終わってしまった。

保護者たちの待つ控え室へと向かう途中で、ようやく弥生に沙羅と話せるタイミングが訪れた。

「撮影係ご苦労じゃったの。あとでそなたとも写真を撮るぞよ」

「はい！　ありがたき幸せです！」

沙羅の言葉に弥生は幸福感で一杯になり、それから勇気を出して、前々から訊きたかったことを沙羅に訊ねることにした。

「あの、ところで沙羅様」

「ほむ？」

「沙羅様の、好きなタイプってどんな人なんですか？」

沙羅はこの三ヶ月の間に、沢良(さわら)小学校六年二組イケメン四天王、六年一組イケメン八部衆、五年生イケメン十二神将、四年生イケメン二十八哲、三年生子役時代の神木隆之介(かみきりゅうのすけ)にちょっと似てる十五人衆、および二年生と一年生の男子全員から告白を受け、すべて断っている（下級生は恋というより単にブームで告白してきただけのようだが）。

男子だけでなく女子からも三十人ほど告白されているが、やはり全員「お友達から」で終わった。

「やっぱり、同い年とか年下には興味ないんですか？」

「うーむ、まあ、そうかもしれんのう」

沙羅はそう答えた。

（沙羅様からしたら小学生なんてみんな子供だもの。当たり前よね）

弥生は納得し、

「じゃあ、年上だったらどんな人がタイプですか？」

するとと沙羅は立ち止まり、

「そうじゃなー。……見た目は地味でも、妾(わらわ)のボケに的確にツッコんでくれる、超が付くほどのお人好し、かのう」

かなり具体的な言葉に、弥生は戸惑う。

「ええ？　それって本当にいる人ですか？」

「さて、どうじゃろ」

そう言った沙羅の顔は悪戯っぽく微笑んでいた。

しかしその眼差しは、なぜか切なげな色を宿しているように見えた——。

伝説の終わり

3月27日　18時34分

「それでは全国ツアー成功を祝して、乾杯！」

「ふふ、乾杯」

皆神望愛（みなかみのあ）のマンションにて、リヴィアは望愛とグラスを合わせた。グラスの中身はドンペリである。

二人ともシャワーを浴びたばかりの下着姿で、髪もまだ少し濡（ぬ）れている。

三月の中旬から、救世グラスホッパーはインディーズ時代最初にして最後の全国ツアーを決行し、今日はその最終日だった。

くたくたになって久々に家に帰ってきた二人は、すぐに服を脱ぎ捨ててシャワーを浴び、さっそくツアーの打ち上げを始めたというわけだ。

「ぷはーっ！　来月にはいよいよメジャーデビューですか！」

グラスの中身を一気に飲み干し、リヴィアが言った。

今日の昼間に岐阜のライブハウスで行われた凱旋ライブにおいて、救世グラスホッパーがギフトレコードからメジャーデビューすることが発表された。

デビュー曲は既に完成しており、そのレコーディングもツアーで東京に行った時にレコード会社のスタジオで済ませた。

ギフトレコードは救世グラスホッパーを「彗星の如く現れた期待の大型新人」としてかなり力を入れて売り出すつもりらしく、四月から放送されるテレビドラマとのタイアップも決まっている。

ツアーで各地を回るついでに、様々な名所に赴いてプロモーションビデオの撮影も行った。編集作業はレコード会社に任せてあるのだが、日本全国の映像を贅沢に使ったスケールの大きなPVになる予定だ。

まさに順風満帆の快進撃。

「いやー、ここまであっという間でしたね！」

シャンパンをがぶ飲みしクランのメンバーに届けさせた高級料理をがっつきながら、リヴィアは上機嫌で笑う。

望愛も珍しくハイペースで酒を呷りながら、

「はい。これほど順調にいくとは思いませんでした。さすがはリヴィア様です」

「某はギターを弾いているだけですから。望愛殿の素晴らしい曲や鈴木殿の歌詞に明日美殿の歌あってこそです」

ちなみに明日美はライブのあと、かつてのバンドメンバーにデビューの報告をしてくるということで、この場にはいない。

「いえいえ、皆を繋げたのはリヴィア様ですから、やはりバンドの中心はリヴィア様です」

「そうでしょうか……」

望愛の言葉にリヴィアは少し考えたあと、ニヤリと笑って、

「そう言われると、そうかもしれませんね！」

「そのとおりです！」

「このまま勢いに乗って音楽業界で天下を獲ってしまいましょう！　我らならそれができます！　こっちの音楽業界のことなど全然知りませんが多分余裕ですよガハハ！」

「おー！」

酔いもあって調子に乗っているリヴィアの言葉に、同じく酔っ払っている望愛がノリよく腕を上げた。

それから望愛は少し潤んだ瞳でリヴィアを見つめ、しみじみと、

「リヴィア様……本当に、わたくしの前に現れてくださりありがとうございます」

「何を言うのですか。某のほうこそ、望愛殿にはどれだけ感謝しても足りません」

「いえ、本当に、わたくしはリヴィア様に救われたのです」

どこか切実な声音で望愛は言う。

「……幼い頃から教団の幹部となるべく修行させられてきたわたくしは、人並みの青春というものを知りませんでした」

「望愛殿……」

「そんなわたくしにとって、リヴィア様と出逢い、リヴィア様や明日美さんと過ごす時間は、まるで失った青春を取り戻すかのように楽しくて輝かしいものでした」

「……これから、もっともっと楽しい日々が待っていますよ」

リヴィアがそう言うと、

「そうですね……もっともっと、幸せになりたいです」

望愛は艶めかしい吐息を漏らし、熱っぽい眼差しでリヴィアを見つめる。

「リヴィア様、わたくしはリヴィア様と……」

望愛がリヴィアのほうへ身体を傾け、その顔が徐々にリヴィアの顔へと近づいていく。

「望愛、殿……?」

リヴィアは戸惑いの色を浮かべながらも、動くことなく望愛の瞳を見つめ返す。

二人の顔が今にもくっつきそうなほど近づいた、そのとき。

部屋にチャイムの音が鳴り響いた。

マンションのエントランスにあるインターフォンの呼び出し音ではなく、この部屋の扉のチャイムだ。

「あ、明日美殿が来たようですね」

「そ、そのようですね」

リヴィアが上擦（うわず）った声で言い、望愛も誤魔化（ごまか）すように顔を離した。

このマンションには警備員が常駐しており、住民用のカードキーがなければエレベーターも使えない。エントランスからの呼び出しなしで直接この部屋に来られるのは、同じ階の住人か、スペアキーを渡してある明日美だけだ。

リヴィアと望愛はいそいそと上着を羽織って二人で玄関に向かい、警戒することなく扉を開ける。

「明日美殿、お待ちしておりま——」

しかしそこに立っていたのは明日美ではなく、険しい表情をした五人の男だった。

「え!?」

「な、なんですかあなたがたは！」

腕を上げて望愛をかばいながら身構えて訊（たず）ねるリヴィアに、男の一人が手帳のようなものを取り出して告げる。

「警察です」

続けて別の男が、後ろにいる望愛に向けて一枚の紙を突きつける。

「木下（きのした）望愛さんですね。インサイダー取引の容疑であなたに逮捕状が出ています。署までご同行願えますか」

「け、警察？　え、望愛(のあ)殿？　いんさいだ？」

混乱し、男たちと望愛との間で視線を彷徨(さまよ)わせるリヴィア。

そんなリヴィアに、

「……申し訳ありませんリヴィア様」

望愛は困った顔で謝ったのだった――。

（終わり）

あとがき

異世界の姫は学校へ、女騎士はパチンコへ――。

ますますカオスになっていく人間模様の第3巻、お楽しみいただけたなら幸いです。もしかして惣助、モテすぎでは……？

今巻のカバーの背景は岐阜市長良公園にあるデカい遊具（名称不明）です。一巻の金の信長像や二巻の岐阜公園板垣退助像と違って観光名所というわけではないので、見ただけでわかったという人は岐阜に詳しいというより、もはやただの地元民じゃね。一応この長良公園、十年ほど前に私が書いた『僕は友達が少ない』という小説のアニメ版に登場する学園のモデルになっていたりはします（遊具は出てきませんが）。

そういえば『僕は友達が少ない』といえば、かつてパチンコ化しないかというオファーに「ライトノベルは中高生が読むものだから、未成年者の教育に良くない媒体にはしたくない」とお断りしたことがあって、たまにそれを思い出して後悔することがあります。

お金も＊千万円（あくまで十年前の話です）手に入るし、パチンコ会社に出資してもらえばアニメの続編も作れるし、仮に自分の作品の影響で読者がギャンブル中毒になろうが、それはその人の自己責任ではないのか？　ライトノベルが中高生のための娯楽とは言い難くなり、未成年のソシャゲ課金やスパチャが社会問題になっている昨今、当時の自分が良い子ちゃんぶってパチンコ化を断ったことに何の意味があったのか――。

鏑矢(かぶらや)惣助という「過去の選択をたまに後悔しながらも青臭い理想を捨てきれない、オトナになりきれない男」の物語を書いていると、そんな自分自身の疑問や後悔をついつい重ねてしまったりします。この作品は自分の最後のライトノベルのつもりで書いていますが、これが後悔のないものになるかどうかは読者の皆様次第（売り上げだけでなく、反応を含めて）なところがあり、引き続き応援していただければ大変ありがたいです。

2022年5月中旬　平坂読(ひらさかよみ)

■告知

この本のオビでも発表されているとおり、なんと本作のコミカライズを『ソードアート・オンライン　ファントム・バレット』や『ファイアーエムブレム　ヒーローズ』などでおなじみの山田孝太郎先生に手がけていただくことになりました！　山田先生には『僕は友達が少ない』のコミカライズ版や私の前作『妹さえいればいい。』のアニメ版などでも一部ご協力いただだいており、私および担当編集の岩浅さんとは結構長いお付き合いなのですが、今回ついに本格的に一緒にお仕事できることになりました。その圧倒的な画力で生き生きと描かれるサラやリヴィアたちの姿を見るのが、原作者としても一ファンとしても非常に楽しみです。皆さんもぜひご期待ください。

あとがき

イラスト担当のカントクです。
衝撃のラスト！　続きが気になる〜!!
ギャグテイストなのでそこまで重く
ならない気もしますので、むしろ期待
膨らみます。

今回の挿絵はサラが多めでホッコリ。
なんだろう、描くのが楽しいです。
この娘かわいいいんじゃ！
卒業式のシーンは読みながらフヒッと
気持ち悪く笑ってしまいました。
一瞬で小学校を卒業してしまいましたが、
まだまだかわいい盛り。
少しずつ成長していくキャラクター達を
描くのが楽しみです。

ECCENTRICS
特報 CHECK!
COMICALIZE

GAGAGA
ガガガ文庫

変人のサラダボウル3

平坂 読

発行　2022年6月22日　初版第1刷発行
2024年4月20日　第3刷発行

発行人　鳥光 裕

編集人　星野博規

編集　岩浅健太郎

発行所　株式会社小学館
〒101-8001 東京都千代田区一ツ橋2-3-1
［編集］03-3230-9343　［販売］03-5281-3556

カバー印刷　株式会社美松堂

印刷・製本　図書印刷株式会社

Printed in Japan　ISBN978-4-09-453073-5